꼭 읽어야 할
시조이야기

국립중앙도서관 출판예정도서목록(CIP)

(이동렬 교수의 꼭 읽어야 할) 시조이야기 / 지은이: 이동렬
. -- 서울 : 선우미디어, 2015
    p. ;   cm
판권기표제: 꼭 읽어야 할 시조이야기
ISBN 978-89-5658-384-6 03810 : ₩12000

조선 시대 시[朝鮮時代詩]
시 평론[詩評論]
811.3509-KDC6
895.712-DDC23   CIP2015003897

꼭 읽어야 할 시조이야기

1판 1쇄 발행 | 2015년 2월 10일

지은이 | 이동렬
발행인 | 이선우
펴낸곳 | 도서출판 선우미디어
    등록 | 1997. 8. 7 제303-2014-000020
    130-100 서울시 동대문구 장한로12길 40, 101동 203호
    (장안동 562 우성3차아파트)
    ☎ 2272-3351, 3352 팩스: 2272-5540
    sunwoome@hanmail.net
    Printed in Korea ⓒ 2015. 이동렬

값 12,000원

ISBN 978-89-5658-384-6 03810

이동렬 교수의

꼭 읽어야 할
시조이야기

선우미디어 sunwoomedia

머리말

이 책은 졸저 ≪세월에 시정을 싣고≫의 후편이라고 볼 수 있다. ≪세월에 시정을 싣고≫에서는 주로 시조 해설에 그쳤는데 이 ≪꼭 읽어야 할 시조이야기≫에서는 시조가 나올 당시의 정치적, 사회적 상황에 관한 이야기를 많이 했다.

나는 사학도(史學徒)가 아니기 때문에 조선 정치에 어떤 권위를 가지고 말할 수 있는 사람은 못 된다. 그러니 이 책, 저 책을 읽고 내 나름대로 종합해서 이야기를 꾸며가는 수밖에 없다. 이것도 일종의 표절행위가 아닐까? 읽은 책은 주로 정사(正史)라기보다는 야사(野史)이야기. 그러나 정사가 야사보다 더 신빙성이 높다는 말은 할 수 없지 않은가?

졸저 ≪세월에 시정을 싣고≫에서 200수 가까운 시조를 다뤘기 때문에 우리에게 비교적 잘 알려진 시조는 대부분 이미 '출동'한 것으로 안다. 그러니 좀 더 알려졌다 할까 남은 시조를 집어넣느라고 다소 어려움을 겪었음을 고백한다. 그러나 너무나 잘 알려진 노래들, 이를테면 이순신(한산섬 달 밝은 밤에…)이나 양사언(태산이 높다하되…), 남구만(동창이 밝았느냐…)이나 김상용(가노라 삼각산아…)

의 시조 같은 것은 중복이 되는 것을 알면서도 이 ≪꼭 읽어야 할 시조이야기≫에 또 포함시켰다.

토론토의 강경옥 여사는 이번에도 이 책의 교정을 맡아주었다. 수필집 ≪청천하늘엔 잔별도 많고≫ ≪꽃 피면 달 생각하고≫에 이어 세 번째 도움이다. 점심 한 끼 대접한 것 말고는 1센트의 보수도 없었다. 그가 하도 문장을 철저히 읽어주기 때문에 이러다가는 "강 여사가 바로 잡아 주겠지…" 하는 생각을 하며 아무렇게나 써버리는 버릇도 생길 판이다. 고마운 마음 이루 말로 다할 수 없다. 내 생각에 강 여사야말로 진정한 문학의 딜레탕트(dilettante)라고 생각한다.

이 책의 출판은 선우미디어가 맡았다. 고맙다.

2015년
캐나다 토론토 국제공항 옆
陶泉書廚에서   저자 이동렬

차례

머리말

꼭 읽어야 할
시조 이야기

1 저 건너 일편석이

저 건너 일편석이 강태공의 조대(釣臺)로다
문왕(文王)은 어딜 가고 빈 배만 남았는고
석양에 물 차는 제비만 오락가락 하더라

※**해설** : 저 건너 있는 한 조각의 돌은 강태공이 낚시질하던 자리가 아닌가.
강태공의 도움을 받아 주나라 기반을 닦은 문왕은 어딜 가고 빈 배만 매
여 있는고. 뉘엿뉘엿 해는 기우는데 물차는 제비만 오락가락하는구나.

이 시조의 작가는 조선 11대 중종 때의 선비 정암(靜庵) 조광조다.
정암은 일찍부터 자신이 정치에 큰 꿈을 가지고 있었기 때문에 자기
의 정치적 꿈을 펴볼 수 있는 어진 임금이 나타나기를 바라는 마음으
로 이 시조를 지었을 것이다. 정암은 17세 때 어천(영변) 찰방(현재의
철도 역장)으로 근무하는 아버지를 따라가 있는 동안 이웃 고을 희천
에 무오사화에 연루되어 유배와 있던 한훤당(寒暄堂) 김굉필을 만나
그에게 수학하였다. 이때부터 본격적으로 성리학 공부에 힘써 김종
직의 학통을 이은 사림파(士林派)의 우두머리가 되었다.
정암은 과거를 위한 공부보다는 성리학에 기반을 둔 수신(修身)의 도

에 몰두했다. 한때는 임금 중종의 사랑을 받아 향약(鄕約)을 실시, 세조가 단종의 왕위를 빼앗았을 때 희생된 사람들의 복권 시도, 현량과(賢良科) 과거제도의 도입 등 당시로서는 혁신적이라 할 수 있는 정치를 단행하였다. 재미있는 얘기로, 당시 현량과를 통해 급제한 사람 28명의 연고지를 보면 경상도 5명, 강원도 1명, 그 외 1명 등 7명을 제외하고 나머지 21명은 모두 경기도 출신이었다. 이들 대부분이 조광조의 추종자들로 학맥 또는 인맥으로 연결된 신진 사림파였다. 이명박, 박근혜 정부 측에서 보면 노무현 좌파, 종북 세력들이 몰려 온 것이다.

그러나 일이 과격하면 화(禍)를 부르는 법. 홍경주, 남곤, 심정 등의 훈구파 세력은 곧 조광조를 질투하여 중종의 후궁까지 움직여 조광조를 조직적으로 무고하기 시작했다. 중종은 연산군을 왕좌에서 쫓아낸 반정(反正) 공신들이 자기 본처와 이혼하라는 압력을 견디지 못하고 강제 이혼을 당할 정도로 마음이 유약한데다 여리고 강단이 없는 임금. 조광조의 끈질긴 개혁요구에 싫증이 난 데다가, 자기를 임금 자리에 앉게 해준 반정공신들의 압력에 힘없이 굴복하고 만다. 이에 정암은 실각, 전라도 능주로 유배되었다가 거기서 사약을 받았다. 그때 그의 나이 37세, 한창 일해 보겠다는 정열이 끓어오를 나이였다.

어쩌랴. 처자식 먹이려다가
헛되이 고향 봄을 버려 두었네
(强爲妻拏計/ 虛抛故國春)

위는 개혁이 뜻대로 되지 않고 실의(失意)에 찬 조광조가 어느 날 내뱉은 서정의 한 구절로 전해온다.

중종의 둘도 없는 총애를 받던 조광조는 중종의 둘도 없는 증오를 받아 세상을 떠났다. 전해오는 말에 의하면 그는 사약을 마시기 직전까지도 중종이 자기를 사랑하고, 중종이 내린 사약을 철회할 것을 믿었다 한다. 마치 요새 애정드라마에서 아빠와 팔짱을 끼고 주례 앞으로 행진하는 신부가 옛날 애인을 잊지 못하여 혹시 그가 여기 왔나 가만히 주위를 살펴보는 장면을 보는 것과 같다고 할까. 그는 사약을 마시기 전에 조정에서 내려온 유엄의 허락을 받고 방에 들어가 절명시 한 수를 남겼다.

임금을 어버이처럼 사랑했고/ 나라를 내 집처럼 조심했네
해가 아래 세상을 굽어보니/ 충정을 밝게 비추리
(愛君如愛父… 昭昭照丹衷)

그러면 조광조를 죽음으로 몰고 간 정치적 배경은 무엇일까? 이에 답하기 위해서 조선 개국 당시로 돌아간다. 고려를 멸망시키고 조선을 건국한 이성계는 건국 과정에서 정도전을 위시해서 많은 선비들과 무사들의 도움을 받았다. 그 결과 모두 60명 가까운 공신(功臣)들이 배출되었다. 공신이란 말은 문자 그대로 나라에 큰 공을 세운 신하라는 말이다.

이성계가 반역에 성공했으니 그의 측근 60명은 공신이 되었겠지만 만일 실패했다면 이들 60명은 모두 반역죄로 몰려 형장의 이슬로 사라졌을 것이다. 이는 이 지구 언제 어디서고 들어맞는 만고의 진리. 그러니 반역과 공신이 뭣이 다르랴. 성공하면 공신, 실패하면 역적. 홍경래, 박정희도 그렇고 인조반정도 그렇다. (2010. 12.)

2 이 몸이 죽어가서

이성계가 죽기 전에 그의 아들들 간에 왕위를 차지하기 위한 피비린내 나는 싸움이 두 번이나 있었고, 이 싸움에서 최후의 승자는 신의왕후 한씨의 아들 방원이었다. 방원은 누구인가? 이성계의 다섯째 아들로 새나라 조선을 세우는데 말할 수 없이 큰 공을 세운 그는 두뇌 회전이 빠른 데다가 신체적으로 날쌔고 건강하며 용기 있는 젊은이였다. 그는 쿠데타 동지 규합과 정적(政敵)제거에 두드러진 공을 세웠다.

끝까지 조선 개국에 반대하는 고려의 충신 정몽주를 찾아가서 그의 마음을 달래 보려고 "이런들 어떠하며 저런들 어떠하리/ 만수산 두렁칡이 얽어진들 어떠하리/ 우리도 이같이 얽어져 백년까지 누리리라"는 노래를 읊으니 정몽주가 "이 몸이 죽고 죽어 일백 번 고쳐 죽어/ 백골이 진토되어 넋이라도 있고 없고/ 님 향한 일편단심이야 변할 줄이 있으랴" 하는 노래로 답해서 고려에 충절을 바치겠다는 것을 알렸다는 야사(野史)는 유명하다.

이방원을 중심으로 일어난 왕자의 난 때도 개국공신과는 달리 또 30명 가까운 좌명(佐命) 공신이 태어났다. 좌명이란 천자(天子) 혹은 천자가 될 사람을 도왔다는 말이다. 또 얼마 안 있어 왕위가 탐이

나서 황보인, 김종서는 물론 친동생 안평대군 등 무수한 충신들을 역적으로 몰아 죽인 수양대군은 40명이 넘는 정난(靖難) 공신을 책봉하였다. 정난이란 국가의 위태로운 난리를 평정했다는 말이다.

그 뿐이랴. 정(正)공신 이외에 원종공신(原從功臣)이란 것을 책봉하였는데 이는 정공신의 자제 및 사위 또는 그들의 수하에 내리는 칭호를 말한다. 그 수가 급격히 불어나서 세조가 왕위에 오를 때만도 원종공신의 수는 2,000명이 넘었다 한다. 오늘날 어딜 가도 박사 학위를 받은 사람들이 득시글거리는 것과 마찬가지라 할까. 이 정(正)공신과 원종공신들은 공으로 먹고사는 족속. 팔도 백성들은 춥고 굶주려도 저들은 잘 먹고 잘 입으며 백성들의 피를 빨아먹는 기득권층이 되었다. 문제는 그 수가 엄청 많은데 있었다.

여기서 잠시 말머리를 돌려 수양대군이 단종의 임금 자리를 빼앗던 때로 돌아가 보자. 이 이야기는 이광수의 <단종애사>, 김동인의 <수양대군> 등 소설뿐만 아니라 수없이 되풀이된 안방드라마와 사극을 통하여 우리들에게 너무나 잘 알려져 있다. 단종 편을 드는 사람도 있고, 수양대군 편을 드는 사람도 있다. 누구 편을 들든 간에 한 가지 잊지 말아야 할 것은 쫓겨난 임금 단종을 복위시키려다 도리어 죽음을 당한 6충신(박팽년, 성삼문, 이개, 유성원, 유응부, 하위지)의 만고에 빛날 꿋꿋한 충의절개와 그들 시(詩)에 나타난 꿋꿋한 뜻이다. 두 사람의 작품만 감상해 보자.

먼저 성삼문의 노래.

이 몸이 죽어가서 무엇이 될꼬하니
봉래산 제일봉에 낙락장송 되었다가

백설이 만건곤(滿乾坤)할 제 독야청청하리라

※**해설** : 이 몸이 죽어서 무엇이 될 것인가 하면 저 봉래산 제일 높은 봉우리에 키가 우뚝하고 가지가 많은 소나무가 되었다가 흰 눈이 천지를 뒤덮을 때는 나 홀로 푸른빛을 보여주리라.

본관이 창녕인 매죽헌(梅竹軒) 성삼문은 과거에 장원으로 뽑혔다. 이 시험에서 이개, 박팽년, 신숙주 등도 합격했는데 모두가 난다 긴다 하는 수재들이라 세종이 기분이 좋아서 이들을 모두 불러 직접 시험하고 성삼문을 1등으로 꼽았다. 신숙주의 성삼문, 박팽년에 대한 열등감은 이때부터 시작되었다고 생각하는 사람도 있다.

성삼문은 세종의 훈민정음 창제에 깊이 관여하여 요동지방에 유배와 있던 명(明)나라의 음운학자 황찬에게 13번이나 다녀왔다는 기록이 있다. 그래서 집현전 학자들이 훈민정음 창제에 힘을 모아 공동 작업을 한 것처럼 보인다. 그러나 <조선왕조실록>이라는 책을 펴낸 박영규 교수에 의하면 훈민정음 창제 작업은 반대세력 때문에 집현전 학사들이 공동 작업을 할 성질의 것이 아니었기 때문에 성삼문 같은 집현전 학사 일부가 세종에게 도움을 준 정도에 그치고 훈민정음 창제는 어디까지나 세종 한 사람이 한 것이라고 주장한다. 남한에서 미국의 동의나 묵인 없이 독자적으로 핵무기를 개발하는 사업을 공공연히 추진할 수 있겠는가를 생각해 보면 박영규 교수의 주장에 고개가 끄덕여진다.

세종이 훈민정음 반포에 반대 상소를 올린 최만리를 대궐로 불러 "네가 운서(韻書)를 아느냐?" "사성칠음에 자모가 몇이나 되느냐?" 며 최만리의 운학에 대한 무식함을 꼬집었다는 기록이 있는 것을 보면 이 주장에 고개가 끄덕여진다. 세종의 음운학에 대한 깊이는 가히 당대 최고였다는 주장도 있다.

기개(氣槪)에 있어서는 성삼문 못지않게 태산준령의 높은 지조를 보이고 성삼문과 함께 능지처참을 당한 취금헌(醉琴軒) 박팽년이 있다.

> 까마귀 눈비 맞아 희는 듯 검노메라
> 야광명월(夜光明月)이야 밤인들 어두우랴
> 님 향한 일편단심이야 변할 줄이 있으랴

※**해설** : 까마귀는 눈비를 맞으면 흰 색깔로 변한 듯 하지만 금방 도로 검어지는 것이다. 그러나 야광명월주 같은 구슬이야 캄캄한 밤이라고 어찌 빛을 발하지 않겠는가. 내 임금을 향한 일편단심 충정이야 변할 수가 있겠는가.

젊은 시절 춘원의 ≪단종애사≫를 읽고 수양대군의 패륜 행위에 비분강개하여 노들강변에 피를 흘린 6충신(忠臣)의 절개에 감동하여 그들이 남긴 시조를 소리쳐 읽던 생각이 난다. 그게 고등학교 때였으니까 50년도 더 넘은 일이다. 그런데 어떤 임금이라도 자기가 임금이 되고 나서 공신을 책봉하는 것은 그가 비정상적인 방법으로 임금 자리에 올랐음을 말한다. 정상적인 왕위 교체에서는 공신이 없다. 예로 친형인 월산대군을 제치고 왕위에 오른 제9대 성종은 75명의 공신을 책봉했다. 공신을 책봉했다는 것은 곧 특권층을 만들었다는 것. 특권층을 만들었다는 말은 곧 놀고먹는 층이 생겼다는 말이다.

(2010. 12.)

3 꿈에 증자게 뵈와

　공신이 되면 우선 막대한 토지와 가산(家産)이 공으로 나라에서 내려오고, 자녀들은 병역에서 면제됨은 물론 온 가족이 자자손손 부귀영화와 특권이 보장되는, 말하자면 법 위에 군림하는 기득권층이 된다. 이들 공신들에게는 이 세상이 곧 천당이었다. 다시 말하거니와 이 좁은 땅에서 너무나 많은 공신이 태어나서 백성의 피를 빨아먹는 거머리가 된 것이 문제였다.

　다음 조광조의 시조를 보면 도학자로서 그의 면모를 엿볼 수 있다.

　꿈에 증자(曾子)께 뵈와 사친도(事親道)를 물었더니
　증자 왈 오호라 소자(小子)야 들어봐라
　사친이 개유타재(豈有他哉)리오 경지이이(敬之而已)하시더라

※**해설** : 꿈에 증자를 뵙고 어버이 모시는 도리를 물었더니 증자께서 가라사대 아, 이 사람아 들어보게나. 어버이를 모시는 일이 별다른 것이겠는가? 오직 공경하면 되는 것일세.

　왕이 되기 위해서 자기 형제들까지 죽이며 패륜 행위를 저지르던

이방원도 죽고, 세종대왕의 태평성대도 지나가고, 강원도 영월로 귀양 가 있던 단종도 세조로부터 사약을 받아 죽고, 그를 죽인 세조도 세월의 무게를 이기지 못하고 52세가 되던 해에 병들어 죽었다. 죽인 사람, 죽음을 당한 사람 대부분이 저 세상으로 갔으니 8도 강산에는 태평성대가 다시 찾아온 것 같았다. 다음과 같은 팔자 좋음을 노래한 시조도 나왔다.

심여장강유수청(心如長江流水淸)이요
신사부운무시비(身似浮雲無是非)라
이 몸이 한가하니 따르는 이 백구로다
어즈버 세상명리설(世上名利說)이 귀에 올까 하노라

※**해설** : 마음은 흐르는 강물처럼 맑고, 몸은 뜬 구름처럼 시비가 없이 자유로우니 날 따르는 것은 백구뿐일세. 아, 세상 명예와 이익에 관한 말이 어찌 내 귀에 들릴까.

자연 속에 파묻혀 사는 즐거움을 노래한 신광한의 시다. 신광한은 누구인가. 그는 세종대왕이 나이 어린 손자, 앞날의 임금 단종을 보필해 달라고 간곡하게 부탁한 고명(顧命)대신이었으나 세조 편에 붙어 왕위 찬탈(簒奪)을 도운 변절자가 된 신숙주의 손자다. 하늘이 절개나 신의(信義) 같은 것을 저버린 사람에게는 마땅한 벌을 내린다더니 그것도 거짓말. 신숙주 손자 신광한의 벼슬이 이조판서에까지 오른 것을 보면 역사는 정도(正道)가 아니라 사도(邪道) 편에 서는 경우가 많음을 알 수 있다. 정의는 힘을 좋아한다.

베토벤(Beethoven) 전원 교향곡에서 시냇물 흐르고 산들바람 불고 새 지저귀는 대목이 지나가면 비바람 폭풍에 천둥 번개 요란한 대목이 오듯이 세종 때 고을마다 글 읽는 소리 들리고 들판에는 농부들의 풍년가 소리 높던 때가 지나가고 성종 말기에 이르러서는 맑던 하늘에 구름이 덮이고 멀리서 마른 천둥소리도 가끔 들려온다.

공신들의 수가 늘어감에 따라 막대한 토지가 공신들의 손아귀에 들어가고 자기 소유의 농토를 가진 백성은 점점 줄어들었다. 게다가 이들 공신들은 권력으로 각종 이권에 개입했다. 양민을 노비로 삼고, 사채놀이를 하고, 광대한 농장을 관리했다. 심지어 이들은 군량미를 조달하는 국가의 전지(田地)까지 야금야금 자기들의 소유로 만들기 시작했다. 말하자면 온 나라가 몇몇 공신들의 놀이터가 된 것이다. 이성계가 조선을 세울 때 토지개혁을 통하여 민심을 얻고 조선개국의 당위성을 마련한 그 토지제도가 불과 100년이 못되어 공신들 때문에 고려 말기 꼴이 된 것이다.

일생에 얄미울손 거미 외에 또 있는가
제 배알(창자) 풀어내어 마냥 그물 널어두고
꽃 보고 춤추는 나비는 다 잡으려 하더라

※**해설** : 세상에 얄밉기는 거미가 제일이다. 자기 창자를 풀어내어 그물을 쳐두고 꽃을 보고 좋아라 춤추며 날아다니는 나비를 다 잡으려 하는구나.

≪옛 시조 감상≫이란 좋은 책을 펴낸 김종오 님에 의하면 "얄미

운” 거미는 자기 욕심을 채우기 위해서는 수단과 방법을 가리지 않는 소인들을, “꽃 보고 춤추는 나비”는 풍류를 아는 선비를 비유한 것으로 보인다. 그러나 나는 극소수의 공신과 그 자제들이 백성들의 피를 빨아먹기 분주한 시국에 거미들은 공신들에, 나비는 일반 백성으로 봐도 무난하지 싶다는 생각이 든다. 무명씨의 노래다.

(2010. 12.)

4 있으렴 부디 갈다

훈구파로 불리는 이들 공신들은 조선의 백성을 위한 정치를 하는 데는 가장 큰 방해가 되는 기득권층이 되었다. 훈구파란 어떤 사람들인가? ≪선비의 배반≫이란 좋은 책을 펴낸 박성순 교수의 말을 빌려 좀 더 자세히 설명해 보자.

훈구파란 조선 건국을 주도 혹은 지지함으로써 공신 가문으로 인정되고 이후 대대로 조선 전기 중앙 정계를 주도했던 정치 세력을 말한다. 이들 역시 성리학을 기본으로 한 사대부라는 점에서 사림파와 같으나 현실의 사회, 경제적인 기반이 달랐기 때문에 사림파와 대조적인 입장을 견지하였다.

사림파가 수기(修己)를 위한 경학(經學) 공부를 중시했다면, 훈구파는 과거 시험을 위한 사장학(詞章學)에 몰두함으로써 현실정치에 밀착하고자 하는 성향이 강했다. 그리고 훈구파는 기호지방, 특히 경기 지역의 공신전을 중심으로 한 광대한 농장을 소유한데 비하여 사림파는 지방의 중소 지주였는데….

개국부터 여덟 임금을 거치며 하늘 높은 줄 모르고 심해져만 가던 훈구파의 전횡에 맞설 세력이 서서히 꿈틀거리고 있었다. 마치 땅 밑에서 여러 해를 보낸 굼벵이처럼 이 대항세력은 성종 때 와서 그 모습을 서서히 드러냈다. 다름 아닌 사림파를 말한다.

있으렴 부디 갈다 아니가든 못할소냐
무단히 네 싫더냐 남의 말을 들었느냐
그려도 하 애닲구나 가는 뜻을 일러라

위의 시조 작가는 조선 9대 성종이다. <동국여지승람>의 편찬에 참여했던 임계(林溪) 유호인이 늙은 어머님을 봉양하고자 지방으로 내려가려 할 때 술잔을 건네면서 읊은 것이라 전한다. 성종은 재위기간 중 별 사건 없이 문풍(文風)을 일으켰으며 <동국여지승람> <두시언해> 등을 간행하고 교육·문화 진흥에 힘썼다.

그러나 성종은 색(色)을 밝히기로 유명하여 낮에는 군자(君子)나 밤이면 변강쇠가 되는 정력절륜의 임금, 뒷날 그 때문에 정국에 회오리바람을 일으키는 원인이 되기도 했다. 그는 왕비 3명과 9명의 후궁에서 아들 16명과 딸 12명을 낳았다. 비아그라가 없던 시절에도 이처럼 정력이 왕성한 사람이 있는가 의심이 간다. 그러나 후궁이 모두 9명이나 있고, 생활 걱정이 없는 상황에서 왜 못하랴, 불초소생(不肖小生)도 할 수 있다는 자신이 든다.

사림(士林)이란 말은 원래 연암(燕巖) 박지원이 <연암집>에서 '학문을 강론하고 도(道)를 논하는 사람들', 즉 선비의 무리를 가리키는 말로 썼다. 중국에서는 이미 오래 전부터 써온 말이지만 우리나라는 고려말기부터 쓰이다가 사화(士禍)가 잦았던 연산, 중종 때 본격적으로 쓰였다. 사림이란 말 뒤에 파(派) 자를 달아서 '사림파'라고 했을 때는 기득권 훈구파에 맞선 정치집단을 가리키는 말로 쓰는 경우가 관례다.

참고로 '선비'란 말은 사대부(士大夫)를 일컫는 말로 관리가 될 자격이 있는 독서계급을 통칭하는 말이다. 박성순 교수에게는 선비란 고려 말의 신흥 무장 세력인 이성계의 군사력을 이용하여 조선을 건국한 신흥 사대부들이나 조선 중기 이후의 사림파를 가리키는 말이다. '사림파' 하면 대번에 떠오르는 사람이 하나 있다. 김종직이다. 김종직이야말로 사림파를 훈구파에 맞서는 하나의 정치적 세력으로 키운 영수이다.

삿갓에 도롱이 입고 세우(細雨) 중에 호미 메고
산전(山田)을 헤매다가 녹음에 누웠으니
목동이 우양(牛羊)을 몰아 잠든 나를 깨와다.

※**해설** : 머리에는 삿갓을 쓰고 어깨에는 도롱이를 걸치고 이슬비가 내리는데 산속의 밭을 호미질 하다가 비가 갠 후 나무 그늘에 누웠으니 소와 양을 모는 소리가 잠든 나를 깨우네.

위의 시조 작가 한훤당(寒暄堂) 김굉필은 어렸을 때는 성격이 호탕하고, 자못 방탕한 기가 있어 길거리에서 시비를 걸어 주먹질이나 하는 싸움꾼이었다고 한다. 그러나 장인의 간곡한 충고와 점필재(佔畢齋) 김종직의 문하에 들어간 것이 큰 계기가 되어 마음을 고쳐먹고 학문에 뜻을 굳히기 시작했다 한다. 김굉필의 관료로서의 업적은 대단한 것이 없고 학문적 저술도 논할만한 것이 없다. 그러나 그의 인격적 수양은 많은 사람들에게 영향을 주었고 그의 밑에는 수많은 문도가 모여들었다. 우의정으로 추증되고 광해군 2년에는 이언적, 정여창, 조광조, 이황 등과 함께 오현(五賢)으로 문묘에 종사되었다.

(2010. 12.)

5 까마귀 너를 보니

김종직은 김숙자의 아들이다. 김숙자는 누구인가? 이성계가 조선을 세울 때 불사이군(不事二君 : 신하는 두 임금을 섬기지 않는다)의 충절을 앞세워 이성계의 개국에 참여하지 않은 두 거유(巨儒), 즉 영천의 정몽주와 선산의 길재의 학통을 이어받아 정몽주 → 길재 → 김숙자 → 김종직 → 정여창 → 김일손, 김굉필 → 조광조로 맥을 잇는 신진사류로 학문적 대를 이어주는 징검다리 역할을 한 선비이다.

이들 중에 경상도 선비들이 유난히 많았기 때문에 영남학파로도 불린다. 김숙자는 벼슬은 그다지 높지 않았으나 아들 종직은 사림파의 우뚝한 영수로 키웠기 때문에 자신이 큰 공을 세운 것과 마찬가지라 할 수 있다. 마치 임금 자리를 탐내어 형제 넷을 죽이고 처남 넷을 죽인 조선 3대 임금 태종이 세종대왕이란 성군(聖君)을 낳았기 때문에 많은 그의 죄가 가려지는 것과 마찬가지라 할까.

김종직은 29세 때 과거에 재수(再修)로 합격, 벼슬살이를 시작했다. 고향에 홀로된 노모가 있었기 때문에 관직 생활도 그 주위를 맴돌았다. 덕분에 그는 많은 후학들을 배출할 수 있었으며 나중에는 영남 지방 뿐 아니라 홍유손, 유호인 같은 다른 지방의 선비들도 그를 좋아하여 훈구파의 전횡에 불만을 가진 온 나라의 선비들이 김종직을 중심으로 결속한 정치 세력이 형성되었다.

　김종직은 선산에서 정여창, 김일손 같은 당대를 휩쓸던 젊은 선비들을 길러냈다. 이들은 이성계에 가담하지 아니한 정몽주, 길재 같은 선비들의 학통을 이어받았기 때문에 대의명분과 절의(節義)를 중시하였다. 훈구파와 사림파의 마찰은 성종 때부터 여러 작은 충돌로 나타났다. 예로, 김종직은 늘 단종의 비극을 한탄하고 단종에 동정적이었는데 조의제문(弔義帝文)이란 글, 즉 항우에게 죽임을 당한 중국 초나라 왕 의제를 위로하는 글을 지었는데 이 글이 무오사화의 발단이 되었다. 자세한 이야기는 뒤로 미루자.

　　까마귀 너를 보니 애닯고 애달파라
　　너 무슨 약을 먹고 머리조차 검었느냐
　　아마도 흰 머리 검게 할 약을 못 얻을까 하노라

※**해설** : 까마귀 너를 보니 내 마음이 애달프구나. 너는 무슨 약을 먹었기에 머리까지 까만색이냐. 아마도 흰 머리칼을 검게 만들 약을 못 구해서 그렇겠지.

　위는 어느 무명씨의 노래다. 훈구파와 사림파로 갈려 싸우는 상대를 까마귀로 보고 변화의 희망이 없는 존재로 풍자한 노래로 볼 수 있다. 불쌍한 것이 까마귀다. 내가 가진 5권의 시조집에 까마귀가 등장하는 시조는 모두 까마귀가 검다는 사실 하나로 부정적인 의미로 묘사되고 있다.

까마귀가 등장하는 시조는 다음 두 가지에 대한 언급이 많다. 첫째, 늙음과 백발을 탄식, 말하자면 朝如靑絲暮成雪(조여청사모성설, 아침에 푸른 실 같던 머리카락이 저녁이 오니 눈같이 희게 되었네)의 탄식, 아니면 둘째, 反哺之孝(반포지효, 까마귀 같은 새는 자기 부모에게 먹이를 물어다 봉양한다)의 효행을 일컫는다.

〈지리산에서 화개고을로〉 —정여창
부들풀 부들부들 부드러이 나부끼는
보리누름 사월에도 꽃이 피는 화개고을
두류산 천만겹 두루 살핀 하산(下山)길로
섬진강 흐름에 맡긴 미끈등한 하강(下江)이여
(風蒲獵獵弄輕柔… 孤舟又下大江流)

〈회포〉 —김굉필
한가로이 혼자 앉아 왕래를 끊고
달 불러 내 고한(孤寒)의 넋을 쬐나니
그대여 생애사 물어 뭘하나
만 이랑 연기 물결 몇 겹 산이네
(處獨居閒絕往還… 萬頃烟波數疊山)

시조 이야기 한다 하고는 한시(漢詩)를 끌고 오는 것은 예가 아니나 마땅한 한글 시조가 눈에 띄지 않기에, 그렇다고 사림파의 큰 등뼈가 되는 선비들을 빼놓을 수가 없어 정여창의 〈지리산…〉과 김굉필의 〈회포〉를 손종섭 님의 ≪옛 시정을 더듬어≫에서 빌려왔다. 정여창은 호가 일두(一蠹)로 세종—연산군 때의 사람, 성리학의 대가로 갑자사화 때 부관참시되었다.

위의 첫 번째 시는 지리산을 유람하고 내려와서 곧바로 섬진강 나룻배에 몸을 맡기는 즐거움을 노래한 것이다. 두 번째 시의 작가는 김굉필이다.

단종—연산군 때 사람으로 점필재 김종직의 문하로 무오사화 때 유배, 갑자사화 때 사사(賜死)되었다. 정여창과 김굉필은 태어난 곳이 서로 가까울 뿐 아니라 평생을 가까운 사이로 지냈다.

(2010. 12.)

6 디기를 저기 삼고

훈구파와 사림파가 싸우지 않을 수가 없는 이유의 하나는 훈구파가 사림파의 재산에까지 손을 대려 했기 때문이다. 당시는 오늘처럼 금융기관이 있는 것도 아니고 토지 = 재산의 시대. 훈구공신들은 일반 백성들의 토지를 손아귀에 넣고 이제 사림파의 토지를 넘겨다보기 시작했다. 사림파는 훈구세력처럼 대지주는 아니었으나 많은 사림파 선비들은 꽤 많은 토지와 노비를 소유한 지방의 중소지주였다. 예로, 김종직과 그의 후학 정여창, 나중에 사초(史草)가 문제되어 죽임을 당한 김일손 등 모두가 남부럽지 않은 토지와 노비를 가진 지주계급이었다. 그러나 그들이 가진 토지와 권세는 어디까지나 지방 수준이었지 훈구파에 미치지는 못하였다. 좌우간 선비건 선비가 아니건 내 밥그릇을 넘겨다보고 탐을 내는 사람들이 곱게 보일 리는 없다.

예종이 일찍 죽고 어린 나이로 임금이 된 9대 성종. 그는 어머니 소혜왕후의 대리청정과 한명회, 신숙주 등 원로 재상들의 감독을 받다가 21세가 되어 겨우 대리청정에서 풀려나서 홀로서기를 시작했다. 당시 그를 에워싸고 있는 원로 재상들은 임금에 맞먹는 높은 권세를 행사하고 있었다.

성종은 빠르고 예민한 정치적 감각으로 이들 원상, 즉 훈구세력을 견제할 또 하나의 세력이 필요하다는 것을 느꼈다. 이 목적을 위하여 나타난 것이 패기에 찬 젊고 유능한 사림파 선비들이었다. 이 두 선비 집단 간에는 학문 방법에 있어서 뚜렷한 차이가 있었다. 훈구파 선비들은 주로 과거(科擧)시험 준비의 사장(詞章: 문장과 시가)을 중시하며 현실 정치에 가까웠으나 사림파 선비들은 수신(修身)을 위한 경학(經學)과 도(道)를 더 중요시했다.

경기 지방의 광대한 농장을 차지한 훈구파가 지방 지주였던 사림파의 토지를 넘겨다봄으로써 이 둘의 충돌은 불가피하게 되었다. 훈구파와 사림파의 밀고 당기는 줄다리기에서 홀로서기를 꿈꾸던 성종은 이 둘 사이에서 줄타기를 시도하였다.

여기를 저기 삼고 저기를 예삼고져
여기 저기를 멀게도 생겼구나
이 몸이 나비가 되어 오며가면 하고져

※**해설** : 여기가 곧 저기, 저기가 곧 여기네. 여기저기가 멀리 떨어져 있는데, 아, 이 유배자 신세인 나는 한 마리의 나비가 되어 그 사이를 오가는구나.

위는 11대 중종 때의 문신 자암(自菴) 김구의 시조다. 자암은 어려서부터 학문에 깊이 빠져 과거시험에서 1등이란 1등은 모조리 차지한 수재 중의 수재. 그러나 조광조와 정치적 색깔이 같았기 때문에 남곤, 심정, 홍경주 등 훈구세력이 일으킨 기묘사화로 10년 넘게 여기 저기 옮겨 다니며 유배생활을 했다. 붓글씨를 잘 써서 자기가 살던 동네 이름을 딴 인수체(仁壽體)라는 자기의 글씨체를 개발했다.

아버님 가나이다 어머님 좋이 계시오
나라이 부르시니 이 몸이 잊었네다
내년의 이 시절와도 기다리지 마소서

※**해설** : 아버님 어머님 잘 계십시오. 저는 나라에 바친 몸, 나라가 부르니 내 한 몸은 잊어 버렸습니다. 내년 이맘때가 돼도 제가 돌아오기를 기다리지 마옵소서.

나라의 부름을 받고 군인이 되어 전쟁터에라도 가는 결연한 젊은이의 심정이다. 소박한 서민의 충성심이 가슴 뭉클하게 한다. 이런 시조는 군대를 가지 않은 대통령, 군대를 가지 않은 국무총리, 군대를 가지 않은 장관들과 군대를 가지 않은 국회의원들이 꼭 한번 읽었으면 좋겠다. 자기들은 미꾸라지처럼 살살 빠지면서 고달프게 생계를 꾸려가는 소시민들에게는 군대 안 갔다고 감옥에 넣는 위정자들—. 400년이 넘은 역사에서 오늘 정치인들이 배워야 할 사례가 있다. 권력 없는 사람들이 군대를 가야하고 권세 높은 사람들은 면죄될 수 있는 불공평한 조선사회에서 국가를 외적의 침입에서 방어를 해야 할 위기가 왔을 때 자기를 희생할 사람이 없어 곤욕을 치른 때가 있었다는 것이다.
예로, 중종 때부터 생긴 군적 수포제, 즉 양반과 사대부는 군포 납부대상에서 제외되고 피지배계급에서는 납부의 의무를 지게 된 상태에서 임진왜란이 일어나자 싸움터에 나설 백성이 없었다. 지배층 군역이 면제된 상황에서 피지배층이 목숨을 걸고 체제 유지를 위해 싸움터에 나갈 이유가 무엇이었겠는가?

(2011. 3. 25)

7 나비야 청산가자

무오사화란 조선 중기에 일어난 4대 사화(무오, 갑자, 기묘, 을사 사화)중 맨 첫 번째 사화이다. 원래 사화(士禍)란 선비들이 화를 입은 사건이라 하여 '선비 사(士)' 자를 쓰는데 무오사화는 사초(史草 : 당시의 시국과 정치 이야기를 기록한 것을 말하는 것으로 이것이 〈실록〉편찬의 토대가 되는 자료가 된다.) 때문에 일어났다 하여 '역사 사(史)' 자를 써서 史禍(사화)라 부르기도 한다.

이 사화의 시작은 김종직의 제자인 김일손이 사관으로 있으면서 앞에서 말한 김종직이 지은 〈조의제문(弔義帝文)〉을 사초에 올렸다. 내용은 삼촌 세조에게 왕위를 빼앗기고 쫓겨나 죽은 단종을 항우에게 죽임을 당한 중국의 의제(義帝)에 비겨 그 죽음을 슬퍼하고 세조의 왕위찬탈을 비난한 것이다. 연산군 초에 성종실록을 편찬하기 위한 사국(史局)을 열었을 때 위의 사초가 발견되자 이극돈, 유자광 등을 비롯한 훈구세력들은 선비를 싫어하는 연산군을 충동질해서 김일손 등 수많은 사림파 선비들을 죽이거나 귀양 보냈다.

한 나라에서 실권을 거머쥐고 있는 통치자를 비롯하여 고위층 벼슬아치들의 '통'이랄까 포용력은 예나 지금이나 나라를 이끌고 가는 데 제도 이상의 중요한 역할을 하는 것 같다. 예로, 조선 3대 태종은 정몽주를 죽였지만 고려 왕조편에서 볼 때는 충신이라고 생각해서 정몽주의 아들들을 등용했다. 그러나 연산군과 훈구세력들은 이방원이 아니었다. 그들은 어디까지나 자기네들의 정국 주도권 장악에만 혈안이 된 소인배들이었다.

태종 얘기가 나온 김에 오늘의 제목과는 관련이 없는 이야기 하나만 하고 넘어가자. 태종은 그의 재위기간은 물론, 그가 세종에게 왕위를 물려주고 난 후에도 왕권을 휘둘렀던 임금이다. 아들 세종이 아무 걱정 없이 왕 노릇을 할 수 있게끔 방해가 될 인물은 미리 말끔히 제거해버린 것이다. 우선 자기 형제들을 죽였고, 자기 처남 민씨 4형제를 모두 죽여 버렸다. 그리고 조선 개국에 가장 큰 사상가와 지략가인 정몽주와 이숙번의 세력도 무력화시켰다. 심지어 자기의 사돈, 즉 세종의 장인인 영의정 심온에게도 사약을 내려 죽여 버렸다.

심온은 당시 영의정이었을 뿐만 아니라 태종의 가장 큰 신임을 받던 사람. 그가 자기 사위 세종이 왕위에 올랐으므로 중국에 이 사실을 알리는 사은사(謝恩使)로 가느라 자리를 비운 몇 달 사이에 당시 좌의정 박은과 우의정 유정현 등이 태종과 모의해서 중국에서 돌아오는 그를 체포해서 사약을 내렸다. 그의 부인, 그러니까 세종의 장모는 천인(賤人)으로 떨어져 의정부의 여종이 되었다가 세종 8년에 와서야 복권되었다.

내가 여기서 이 이야기를 꺼내는 이유는 무엇일까? 자기 장인을 죽이고 장모를 관청의 종으로 만든 태종이 죽은 후 세종은 왕이 되어서도 정치적 보복을 하지 않았다는 사실 때문이다. 세종인들 자기 장인을 죽이고 장모를 천인으로 만든 박은, 유정현에게 왜 원한이 없었겠는가. 사가(史家)들은 정치적 보복은 피해자가 끊을 때 비로소 단절된다는 교훈을 행동으로 보여준 세종의 넓은 포용력에 감탄한다. 오늘날 권력을 잡은 정치인들이 세종대왕의 1/10만 닮았더라면 오늘날 눈에 띄는 정치적 보복은 호랑이 담배 피우던 시절 이야기가 되었을 것이다.

자, 지금부터는 시국이 점점 흐려지고 어수선해진다. 무고한 사람들이 귀양살이를 가고, 관아에 잡혀간 사람들 중에는 싸늘한 주검으로 돌아온 이도 있다. 피난보따리를 싸두는 게 어떨까? 그러나, 이런 때일수록 천하태평의 한가로운 삶, 행운유수의 삶이 그리워지는 법.

　나비야 청산가자 범나비 너도 가자
　가다가 저물거든 꽃에 들어 자고 가자
　꽃에서 푸대접하거든 잎에서나 자고 가자

※**해설** : 나비야 청산가자. 호랑나비야 너도 함께 가자꾸나. 가다가 날이 저물면 꽃에 들어가서 자고 가자. 꽃에서 푸대접하면 잎에서라도 자고 가면 되지 않겠느냐.

위의 시조는 언제 누가 지은 것인지 모른다. 이 세상에 자신의 이름 석 자조차 남기기를 꺼려한 이 시조의 작자는 과연 어떤 유(類)의 사람이었을까? 내 생각으로는 이 시는 세상이 태평성대 때 나온 노래라기보다는 어수선한 시국, 앞이 잘 내다보이지 않는 난세(亂世)에 나온 시조인 것 같다. 젊은 시절, 시험 때가 되면 소설이나 잡서(雜書)를 읽고 싶은 마음이 더 간절하지 않았는가. 사람 마음도 마찬가지. 들길을 걷고 싶은 욕망은 철창 안에 갇힌 죄수들이 가고 싶은 데 마음 대로 갈 수 있는 우리 같은 자유인보다 훨씬 높은 것이다. 　(2010. 12.)

7 물 아래 그림자 지니

무오사화의 직접적인 도화선이 된 것은 김종직이 쓴 글 〈조의제문〉 때문이었다. 그것은 항우에 의한 의제의 죽음을 애도한 글이라는 것은 앞서 말했다. 구체적으로 어떤 글일까? 〈조의제문〉은 김종직이 꾼 꿈 이야기에서 시작한다. 이덕일 교수의 글에서 빌려온 〈조의제문〉의 첫머리를 적어보자.

정축년 10월 나는 밀양에서 성주로 가다가 답계역에서 잤다. 꿈에 신인(神人)이 칠장의 의복을 입고 훤칠한 모습으로 와서 '나는 초나라 회왕 손심인데 항우에게 살해되어 빈강에 잠겼다.'라고 말하고는 갑자기 보이지 않았다. 나는 깜짝 놀라 잠에서 깨어나 이렇게 생각했다. 나는 동이(東夷)사람으로 지리가 만여 리 떨어졌을 뿐만 아니라 시대도 1천여 년이나 떨어져 있는데, 내 꿈에 나타난 것은 무슨 징조일까? 또 역사를 상고해 보아도 시신을 강에 던졌다는 말은 없으니 아마 항우가 사람을 시켜서 비밀리에 쳐 죽이고 그 시체를 물에 던진 것인지 알 수 없는 일이다! 드디어 글을 지어 의제를 조문한다. ······.

김종직이 실제로 꿈을 꾸었는지, 아니면 글을 쓰기 위해서 꿈 이야기를 만든 것인지는 알 수 없다. 그러나 항우가 의제를 죽인 것은 세조가 단종을 죽인 것에 비유한 것만은 틀림없는 것 같다. 그러니 애도하는 인물은 중국의 의제가 아니라 조선의 단종. 의제를 죽인 사람은 항우요, 단종을 죽인 사람은 세조. 그렇다면 김종직은 세조의 즉위를 도덕적으로 부정하는, 신하로서의 역심(逆心)을 품은 것이 아닌가.

김종직은 이미 죽었는데 이런 글을 사초(史草)에 올린 것은 그 주위에 김종직을 따르는 무리들이 있기 때문. 그러니 사건의 불똥은 〈조의제문〉을 사초에 올린 제자들에게 튀었다. "손뼉도 마주쳐야 소리가 난다."는 말이 있다. 연산군에게 이 조의제문의 의미를 그럴듯하게 꾸미며 사초에 실은 것은 반역에 가까운 행동이니 김종직의 제자들을 박살내야 한다고 꼬드긴 것은 유자광과 그의 일파였다. 그 결과 이미 죽어 땅 속에 있는 김종직은 부관참시를 당하고 김일손, 권오복, 권경유 등은 능지처참, 김종직의 문하 유생 수백 명도 목숨을 잃거나 유배 길에 올랐다.

해를 입은 사람이 있으면 덕을 보는 사람이 있는 법. 유자광, 윤필상 등 훈구 공신들은 김종직의 부관참시를 위시한 사림파 세력을 도륙한 대가로 후한 상을 받았다. 그러나 무오사화는 사화의 끝이 아니라 시작이었다. 그로부터 6년이 지난 후 갑자사화의 피바람이 불기 시작하였다.

물 아래 그림자 지니 다리 위에 중이 간다
저 중아 게 섯거라 너 어디 가노 말 물어보자
손으로 백운을 가리키며 말 아니코 가더라

※해설 : 물 아래로 그림자 지니 다리 위로 스님이 한 분 간다. 스님, 어디 가시오? 하고 물으니 스님은 아무 대답도 않고 손으로 흰 구름을 가리키며 말 아니하고 가더라.

구름 따라 물 따라 떠다니는 운수승(雲水僧)이었던가. "흰 구름 속엔 청산도 많고, 푸른 산 속엔 백운(白雲)도 많다."는 어느 운수승의 시심 그대로다. 정철이 작가라고 한 책이 있으나 정철의 시조는 종장이 "막대로 흰 구름 가리키며 돌아 아니 보고 가노메라"며 종장이 다르게 끝난다. 스님이 등장하는 노래를 또 하나 보자.

중놈은 승년의 머리털 잡고
승년은 중놈의 상투 쥐고 두 끈이 맞 맺고
이 왼고 저 왼고 작자공 쳤는데 뭇 소경 굿을 보네
어디서 귀 먹은 벙어리는 외다 옳다 하나니

※해설 : 남자 중은 여승의 머리털을 잡고, 여승은 남자 중의 상투를 쥐고 두 끝을 마주 맺고 내가 그르냐 네가 그르냐 하고 서로 다투는데 여러 장님들이 구경을 하고 있다. 이때 어디서 귀먹은 벙어리들이 와서 옳다 그르다 말을 해대는구나.

스님의 상투를 쥔다는 것 같은 있을 수 없는 일. 끝없이 일어나고 온갖 부조리와 불가사의가 판을 치는데 세상 사람들은 옳다 그르다 시끄럽기만 한 사회현실을 풍자적으로 노래한 어느 무명씨의 노래다. 시조형식 초·중·종장을 벗어난 것으로 보아 조선 후기 때 나온 시조 같다.

한 가지 말해두고 싶은 것은 조선은 개국할 때부터 불교를 배척하고 유교를 숭상하는 배불숭유(排佛崇儒) 정책이 국시(國是)였기 때문에 조선조 스님들은 오늘날의 스님들처럼 사회적인 대접을 받질 못했다는 것이다. 오늘날 장사를 잘 하는 스님 중에는 벤츠(Benz) 고급 승용차에 앉아 거들먹거린다는 얘기를 들었다. 세조, 중종 때의 문정왕후 등 몇몇 임금 때를 제외하고는 불교가 받은 대접은 냉대와 무시였다. 스님에 대한 대접은 위의 시조의 어휘에 잘 나타나 있다.

신유한이라는 숙종 때의 문신이 쓴 〈흰 구름 쫓아〉라는 제목의 한시가 있다.

돌자리 쓸고 물가에 앉아 "대사는 어디서 오시오?"
"소승은 운수(雲水)이오라 흰구름 쫓아왔나 보외다."
(掃石臨流水… 偶來白雲回)

앞서 소개한 시조와 별다름이 없는 노래다.

(2010. 12.)

9 이 중에 시름 없으니

갑자사화란 무오사화에 이어 연산군 때 일어난 두 번째 사화다. 이 사화는 소설이나 영화, 안방 드라마로 우리에게는 너무나 잘 알려진 이야기다. 갑자사화는 연산군이 자기 생모 윤씨가 후궁들의 모략으로 쫓겨나서 사약을 받고 죽은 비밀을 아들 연산군이 알게 된 데서 시작된다. 간신으로 불리는 임사홍으로부터 어머니의 한 맺힌 죽음을 알게 된 연산군은 바로 그날 밤부터 처절한 복수를 감행한다. 자기 어머니를 죽이자는데 찬성하거나 입을 다문 사람들은 물론, 어머니를 모함했던 후궁과 그 자식들을 모조리 죽인다. 이 이야기는 나중에 좀 더 자세히 하겠다.

그런데 연산군에 대한 이야기는 그 내용이 너무 부정적으로 과장되었다는 생각을 하지 않을 수 없다. 즉 많은 역사적 기록은 어디까지나 이긴 자 편에서 썼다는 사실을 상기하면 독자들은 내 주장에 고개를 끄덕일 것이라는 생각이 든다. 역사학자 이덕일 교수에 의하면 상대 정적에 대한 타격을 가하려면 도덕적으로 매장시키는 것이 가장 효과적인 방법이라 한다. 이명박 정권에서 노무현 정권에 대한 비리를 들추는 것은 바로 이런 전략이라고도 볼 수 있다. 노무현의 도덕성에 치명타를 입힘으로써 끝내는 그를 죽음으로 몰고 가지 않았는가.

〈연산군일기〉의 사관들은 연산군을 황음무도한 폭군으로 묘사해 도덕적으로 매장시키는 방법을 택했다. 예로, 이덕일 교수의 주장에 따르면 실록에는 연산군이 그의 백모인 월산대군의 부인 순천 박씨를 강간했다고 적혀있다고 했다. 연산군 12년 박씨가 세상을 떠나자 '왕에게 총애를 받아 잉태하자 약을 먹고 죽었다고 적었다. 이때 연산군 나이가 31세, 순천 박씨는 53~55세 정도였다고 한다. 이 나이의 여성이 잉태할 수 있을까? 과장 혹은 날조됐을 확률이 십중팔구라는 것이다.

또 하나의 과장은 요순임금으로 묘사되는 연산군의 아버지 성종은 3명의 왕비와 9명의 후궁에서 28명(16남 12녀)의 자녀를 낳았다. 천명의 후궁이 있었던 것처럼 묘사된 연산군은 고작 7명(4남 3녀)에 불과했다. 왕비 소생의 2남 1녀를 빼면 후궁 조씨 소생의 서자 2명과 장녹수와 정규 소생의 서녀 둘이 있었을 뿐이다. 그러니 승자편 사가(史家)들의 묘사는 깎아 들어야[discount]한다. 그것은 예나 지금이나 마찬가지—.

연산군은 즉위 후 왜구를 격퇴하고 여진족을 정벌하는 등 외치에 업적이 있었고 내치로는 상평창(물가 조정기관), 진제창(아사자들의 응급구호기관)을 설치하여 빈민을 구제하였으며, 신하들이 책 읽을 말미를 주는 사가독서제를 부활하는 등 성군(聖君)이 될 자질을 보여주는 업적이 꽤 있었다. 그러나 무오, 갑자사화를 일으키고는 사람이 변하였다. 음란과 사치가 심해지고 전국에서 미인들을 뽑아 올려 황음(荒淫)에 전념하였으며 성균관을 유흥장으로 만들고, 원각사를 부수고, 민가집을 헐어버리는 등 거듭 횡포를 부렸다.

연산군은 다정다감하고 감성 풍부한 시인(詩人)이었다. 청순한 마음씨 아니고는 시(詩)를 못쓴다. 그런 연산군이 왜 이처럼 난폭한 폭군이 되었을까? 아무도 모른다.

이 중에 시름없으니 어부의 생애로다
일엽편주를 만경파에 띄어두고
인세(人世)를 다 잊었거니 날 가는 줄 알랴

※**해설** : 이 중에 걱정 없는 것은 어부의 생활이로다. 조그만 조각배를 만경 창파에 띄어놓고 인간 세상의 일 다 잊었으니 날 가는 줄 어이 알리!

위는 농암(聾巖) 이현보의 어부가 5편 중 하나다. 농암은 연산, 중종 때의 문신. 만년에는 고향 안동 분천으로 돌아가 낙동강 상류의 산수를 즐기며 살았다. 농암이야 당시 양반 계급이었으니 어부의 고생을 어이 알리. 겉으로 보면 한없이 한가롭고 태평스러운 것 같지만 속을 들여다보면 말할 수 없이 위험하고 고생스런 것이 어부의 삶이다. 눈 오고 비 오는 날은 배가 못 나가고, 풍랑이 심하면 못 나가고, 이런 저런 이유를 대다 보면 고기를 잡으러 갈 수 있는 날이 일 년에 얼마 되지도 않는다.

(2010. 12.)

10 가더니 잊은 양하여

　임사홍의 가문은 고려 때부터 명문이며 그의 아버지 임원준은 세종의 사랑을 받은 유명 시인이요 선비였다. 사홍은 문과에 올라 벼슬이 이조판서에 이르렀고, 그의 아들 숭재와 더불어 글씨에 능했다. 그는 일찍이 두 딸들을 예종과 성종의 왕비로 만든 척신세력 중의 하나였다. 성종 때 사림파 관료들에 의해 탄핵을 받아 귀양을 간 적이 있기 때문에 개인적으로 사림파를 미워한 임사홍은 연산군과 신하들의 대립을 이용해 훈구세력과 사림파 세력을 일시에 제거하려는 음모를 꾸몄다.

　폐비 윤씨 사건은 성종이 차후에는 일컫지 말라는 명을 남겼기 때문에 아무도 그 사건을 입에 올리지 않고 있었다. 그러니 연산군은 이때까지만 해도 어머니가 사약을 받고 죽었다는 사실을 모르고 있었던 것으로 보인다.

　연산군은 언제 생모의 비참한 최후에 대해 알게 되었을까? 〈연산군일기〉(세종이나 성종, 숙종 같은 정상적인 임금은 ○○대왕실록, 연산군이나 광해군 같이 쫓겨난 임금은 ○○군(君) 일기라 부른다.)는 연산군이 임사홍의 아들 임숭재의 집에 갔다가 임사홍과 술을 마신 적이 있는데 임사홍이 임금을 뵙자 절하며 목이 메도록 울었다. 임금이 놀라 물으니 사홍은 '대궐문이 겹겹이라 스스로 들어가 아뢸 수 없었는데 오늘 저의 집에서 뵐 줄 어찌 생각이나 했겠습니까?'하며 연산군의 어머니 윤씨가 사약을 받게 된 자초지종을 낱낱이 얘기하니 이것이 갑자사화의 도화선이라 기록하고 있다.

연산군은 임숭재의 집에서 돌아오기가 바쁘게 바로 그날로 윤씨 폐출에 관여한 성종의 두 후궁 엄 귀인과 정 귀인을 궁중 뜰에서 직접 때려죽이고 정씨의 아들 둘도 모두 귀양 보냈다가 죽였다. 그리고 윤씨 폐출을 주도한 인수대비를 머리로 들이받아 부상을 입혀 이 부상으로 다시 일어나지 못하게 되었다 한다. 연산군 쪽에서 보면 하나의 복수극, 그것도 통쾌한 복수극이다.

이때 죽은 선비는 사림파에 한한 것만은 아니었다. 윤씨 폐위에 찬성했던 윤필상, 이극균, 이세좌 등은 물론 김굉필 등 사림파 10여 명이 사형당하고 이미 죽은 한명회, 정창손, 정여창, 남효온 등은 부관참시에 처해졌다. 이같이 7개월에 걸친 갑자사화는 희생자의 규모에 있어서 무오사화에 비할 바가 아니었다. 무오사화는 신진사림과 훈구공신들 간의 권력 투쟁이었지만 갑자사화는 왕을 중심으로 한 궁중세력의 힘의 과시였다.

김굉필 이외에도 성현, 조위 등 헤아릴 수 없으리만큼 많은 선비들이 화를 입었다. 이들 중에 박은이라는 선비가 있었다. 박은의 호는 읍취헌(挹翠軒)으로 연산군 원년에 진사, 18세에 급제를 했다. 그는 유자광을 탄핵했는데 갑자사화에 걸려 고문을 당하다 죽었다. 죽음에 임하여 하늘을 우러러 보면서 크게 웃었다 한다. 그가 남긴 시조는 눈에 띄지 않으나 봄철에 친구를 생각하며 지은 오언절구가 있다.

"만사야 한바탕 웃음거리지/ 영겁에야 청산도 뜬 먼지일 뿐"

(萬事不堪供一笑, 靑山閱世只浮埃)

나는 위의 대구(對句)를 좋아해서 붓글씨로 작품을 만들어 가까운 사람들에게 써준 적이 여러 번 있다.

　가더니 잊은 양하여 꿈에도 아니 뵌다
　어떤 님이 설마 그 덧에 잊었으랴
　내 생각 아쉬운 전차로 남의 탓을 삼노라

※**해설** : 한 번 떠나가시더니 아무 소식도 없어 나를 잊으셨는가. 꿈에도
　아니 보이네. 어떤 님이 설마 그 동안에 나를 잊었을까. 다만 내 생각이
　아쉬운 까닭으로 남의 탓을 하고 마네.

　작자 미상의 노래다. 어느 여류시인일 수도 있겠다. 아니면 조정에
서 왕의 눈 밖에 나서 멀리 유배를 가 있다가 오늘일까 내일일까 사면
될 날을 애타게 기다리는 한때 사랑받던 신하인가.

　까마귀 칠하여 검으며 해오리 늙어서 희랴
　천생 흑백은 옛날부터 있건마는
　어쩌타 날 본 임은 검다 희다 하느니

※**해설** : 까마귀 칠을 해서 검으며 해오리 늙어서 흰가? 본래 검고 흰 것은
　옛날부터 있건마는 어찌하여 나를 본 님은 내가 희다 검다 하는고?

　어느 무명씨의 노래다. 사화의 불길이 거세던 이 난세에 이런 유
(類)의 시조, 즉 까마귀를 내세워 옳고 그름을 말하는 시조가 많다.

(2010. 12.)

11 간밤에 불던 바람

시국이 암울하다고 해서 시조나 가사가 우울한 것만 쏟아져 나오는 것은 아니다. 세상이 시끄럽고 암담하면 이것저것 다 떨쳐 버리고 산속에 들어가 달과 구름을 벗 삼아 은둔생활을 하는 선비들이 많다.

간밤에 불던 바람 강호에도 불고 있던가
만강(滿江) 주자(舟子)들은 어이 구러 다 내언고
산중(山中)에 드런디 오래니 기별 몰라 하노라

※**해설** : 어젯밤에 불던 바람 강호에도 불었던가. 강이 가득한 뱃사람들이 그 바람에 어떻게 지냈을까. 나는 이 산중에 들어온 지 오래라서 아무 소식도 모르고 있네.

무명씨의 노래다. 그러나 언중유골(言中有骨: 말 속에 뼈가 있다는 말)이라는 말이 있듯이 이 노래는 단순히 자연을 노래한 것이라기보다는 사화(士禍)와 당파 싸움의 화를 피해서 숨어사는 사람의 심정을 읊은 노래인 것 같다. 은둔의 대표적인 예로 일두(一蠹) 정여창을 꼽을 수 있다. 일두의 아버지는 세조 말 이시애의 난에서 전사, 홀어머니 밑에서 열심히 공부하여 과거에 장원급제 하였으나 벼슬에 나아가지 않고 어머니를 봉양하며 학문에 힘썼다. 어머니가 돌아가자 지리산에 들어가 은둔생활을 하다가 무오사화가 일어나자 함경도 종성에 유배되었다가 화를 당해 죽었다.

지금부터 13년 전이던가, 나는 경기도 판교에 있는 정신문화 연구소(현 한국학 중앙연구소)에 객원교수로 간 적이 있었다. 그때 정신문화 연구원에서 고문서(古文書)관리 책임을 맡고 있는 J교수에게 "이름 난 종갓집을 한 번 구경하고 싶다."고 했더니 J교수가 일두 정여창의 생가를 소개해 주었다. 그 집에는 자기와 같이 가야 대접을 잘 받는다기에 몇 번이나 J교수와 함께 가려고 기회를 보다가 끝내 뜻을 이루지 못했다. 이 글을 쓰며 내 묵은 수첩을 보니 "일두 정여창 생가 경남 함양군 수동면 우명리 780번지"라 선명하게 적혀있는 것을 보니 재주가 번뜩이던 J교수 생각이 났다.

무오사화로 언론기관은 완전 마비되고 연산군의 나라 운영은 실로 방만하게 흘러가고 있었다. 조정에서 바른 말 하는 신하는 없어지고 아첨, 비위를 맞추어 이득을 챙기려는 간신들로 득시글거렸다. 연산군의 사치와 향락이 심해지자 그로 인해 엄청난 재정적 비용이 소모되고 연산군은 재정이 모자라자 훈구파 공신들의 토지와 노비까지 빼앗으려 들었다. 가만히 앉아서 당할 훈구파가 아니었다. 이들의 태도는 급변했다. 더 이상 참았다가는 자기들의 경제기반이 위태롭게 될 형편이 아닌가. 이들 훈구공신들은 연산군의 행동을 억제하려고 한 것은 물론이다. 그러므로 연산군은 그들의 간섭을 억압할 기회를 노리게 되었다. 이 때 궁중은 연산군 지지파와 반대파로 갈라져 있었다. 이 두파 간의 대립을 이용하여 정권을 잡으려는 한 인물이 있었으니 그가 바로 임사홍이었다.

　까마귀 검으나따나 해오라비 희나따나
　학의 목 기나따나 오리 다리 짧거나 마나
　세상의 흑백장단을 분별하여 무엇하리

※**해설** : 까마귀의 색깔이 검으나마나 백로의 색깔이 희거나 말거나 학의
　목이 길거나 말거나 오리 다리가 짧거나 말거나, 이 세상의 흑백이나 길
　고 짧음을 분별하여 무엇하겠는가.

　무명작가의 시다. 종장이 '평생에 흑백 장단을 나는 몰라 하노라'로
된 것도 있다.

　까마귀 검거라 말고 헤오라비 셸줄 어이
　검거니 세거니 일편도 한저이고
　우리는 수리두루미라 검도 세도 아네라

※**해설** : 까마귀 보고 검다고만 하지마라. 백로가 흰줄 어찌 알겠는가? 까
　마귀는 검기만 하고 백로는 희기만 하니 그야말로 한 색깔로서 분명도
　하구나. 우리는 수루두루미라 검지도 희지도 않으니 구태여 희고 검은
　것을 갈라서 무엇하겠는가?

　위도 무명씨의 작품이다. 언뜻 보면 이 두 시조에서는 검고 흰 것을
가려서 무엇?의 태도, 즉 이것도 좋고 저것도 좋은 도가(道家)적인

너그러움으로도 볼 수 있다. 그러나 그 정도가 지나쳐 염세적이다. 사화로 상상치도 못했던 비극이 몰아치고 나는 새[鳥]도 떨어뜨릴 세도가가 오늘 오랏줄에 묶여가는 시국에서는 흔히 나올 수 있는 방관자의 심리다.

(2010. 12.)

12 꽃아 색 믿고 오는 나비

갑자사화 다음에 일어난 기묘사화란 훈구세력의 모략으로 중종을 꼬드겨 조광조 일파를 제거한 사화이다. 도학정치를 부르짖는 조광조의 사림파는 반정공신에 올라있는 공신들 가운데 자격이 없는 사람들이 많이 포함되어 있으니 이들의 공신 자격을 박탈해야 한다고 주장했다. 유식한 말로 위훈삭제(僞勳削除)라 한다. 그는 특히 성희안, 유자광 등을 지적하였다. 사림파는 그들 심장에 칼을 들이댄 것이다.

꽃아 색 믿고 오는 나비 금치 마라
춘광(春光)이 덧없는 줄 넌들 아니 짐작하랴
녹음이 성음자만지(成陰子滿枝)면 어느 나비 오리요

※**해설** : 꽃아 네 아름다운 모습을 믿고 날아오는 나비를 오지 말라고 하지 말아라. 봄빛이 어느덧 지나가 버리는 줄은 너도 짐작하겠지. 여름이 와서 녹음이 우거지고 나뭇가지에 열매가 열게 되면(여자가 자녀를 낳고 중년이 되면) 어느 나비가 찾아오겠느냐? 때가 지나면 거들떠보는 사람도 없을 것이 아니냐.
어느 무명씨의 노래다.

한편 조광조의 끊임없는 위훈삭제 주장에 임금 중종도 지쳐가고 있었다. 훈구세력은 어리석고 마음 약한 중종을 꼬드겼다. 우선 조광조를 비롯한 김정, 김구, 김식 등 당대의 별같이 빛나던 선비들을 투옥, 유배를 보냈다. 그러니 기묘사화는 조광조의 개혁정치에 위기를 느낀 훈구세력이 중종을 포섭해서 벌인 궁중 내부의 암투로 보면 된다.

태산이 높다 해도 하늘 아래 뫼이로다
하해(河海) 깊다해도 땅위의 물이로다
아마도 높고 깊은 것은 성은인가 하노라

※**해설** : 태산이 높다한들 하늘 아래 있는 봉우리. 강과 바다가 아무리 깊다 해도 땅 위에 고인 물일뿐. 아마도 높고 깊은 것은 우리 임금의 은혜뿐인가 하노라.

위의 시조는 조광조가 임금의 사랑을 받던 시절, 조광조 측근 김구가 임금 중종의 사랑에 기뻐 화답하는 노래 2수 중 한 수다. 달 밝은 어느 밤에 임금이 김구가 숙직하던 옥당(玉堂)에 갑자기 찾아왔기에 감읍(感泣)한 김구는 임금이 노래를 한번 불러 보라하니 즉석에서 부른 것이라 전한다.

중종은 박원종, 성희안 등이 중종의 본처 신(愼)씨가 역적의 딸이니(역적의 딸이란 신씨 아버지가 연산군 때 영의정을 지내다가 중종반정이 일어나자 죽임을 당한 신수근) 이혼하라고 압력을 넣으니 마음에도 없는 이혼을 하고마는 심약한 사나이. 이러한 허약한 사람을 군주로 모시고 개혁, 개혁을 부르짖었으니 어떻게 보면 조광조를 위시한 사림파 선비들이 무척 가엾고 어리석은 사람들이다. 〈홍도야 울지 마라〉라는 대중가요가 있는데 그 노래 가사 중에 "…홍도야 울지 마라 오빠가 있다. 아내의 나갈 길을 너는 지켜라" 큰 소리치고 그 오빠는 뒤로 슬며시 돌아서버려 버림받은 홍도가 된 조광조였다.

갈 길이 멀다 하나 저 재[嶺] 넘어 내 집이라
세로(細路) 송림(松林)의 달조차 돋아온다
가뜩이나 굶은 나귀를 몰아 무엇하리요?

※**해설** : 갈 길이 멀다지만 저 재 하나만 넘으면 내 집이다. 오솔길 소나무 숲 사이로 달까지 떠오르네. 가뜩이나 굶은 나귀를 급히 몰아서 무엇하리?

정치적 풍자로 볼 수 있겠지마는 여기서는 어느 무명씨의 동양 사상인 은유자적을 노래한 것으로 보는 것이 무난하다.

여기도 태평성대 저기도 태평성대
요지일월(堯之日月) 순지건곤(舜之乾坤)이로다
우리도 태평성대에서 놀고가려 하노라

위는 성종 때 나서 명종 때까지 살다간 청송(聽松) 성수침의 노래다. 학문을 좋아하고 대의를 쫓았던 청송은 요순(堯舜) 임금의 고사를 빌려 태평성대를 노래하고 있다. 언제 지었는지 기록이 없으니 모르겠으나 사화가 많던 연산군이나 중종 때는 아닐 것이다. 아마도 성종 후기나 명종 후기, 사화의 먹구름이 말끔히 걷히고 나서 지은 노래이지 싶다.

성수침은 기묘사화 때 조광조의 문인으로 조광조와 그를 따르던 많은 선비들이 죽거나 유배길에 나서는 것을 보고 세상과 인연을 끊고 벼슬에 나아가지 않았다. 명종 때는 관직도 몇 번 제수 받았으나 모두 거절, 죽을 때는 가난하여 장례조차 지낼 수가 없어서 나라에서 협조를 해 주어서 장사 지냈다고 한다. 그의 아들 우계(牛溪) 혼(渾) 같은 큰 학자를 배출하였다.

(2010. 12.)

13 이화에 월백하고

〈시조 이야기〉를 여기까지 하다 보니 명시조, 꼭 소개했어야 할 잘 알려진 시조가 너무 많이 빠져서 안타깝다. 잘 알려진 시조는 졸저 〈세월에 시정을 싣고〉에 소개했던 것들인데 〈시조 이야기〉의 시작을 고려 말에 나온 시조로 시작했으면 이런 문제는 거의 없었을 것이다. 그러나 나도 모르게 중종 때 정암 조광조에서 시작하여 거꾸로 무오사화로 돌아갔다가 갑자사화의 소용돌이를 지나 기묘사화까지 오다 보니 고려 말과 조선 초에 쏟아져 나온 많은 명시조들은 빠뜨려 버렸다.

그래서 오늘부터는 고려 말과 조선 초기의 시조 몇 수를 골라 3~4회에 걸쳐 감상하고 넘어가겠다. 풀이 및 저자에 대한 소개는 졸저 〈세월에 시정을 싣고〉에서 그대로 옮겨오다시피 했다. 우선 읽어도, 또 읽어도 싫증나지 않고, 고결한 시인의 마음을 엿볼 수 있는 시조로서 문학성이 가장 높다고 평가되는 매운당(梅雲堂) 이조년의 시다.

이화에 월백하고 은한은 삼경(三更)인제
일지춘심을 자규야 알랴마는
다정도 병인양하여 잠 못들어 하노라

※**해설** : 배꽃에 달은 밝게 비치고 밤은 깊어 자정을 알리는데, 배나무 가
지에 어린 봄의 정서를 저 소쩍새가 알리 있으랴만 다정 다감도 병이런
가 좀처럼 잠을 이룰 수가 없구나.

졸저 ≪세월에 시정을 싣고≫에는 이 시에 대해서 다음과 같이 적
혀있다. "위 시조는 … 봄밤의 애틋한 감상을 노래한 것이다. 나는
고려—조선 시대를 통틀어 가장 문학성이 뛰어난 노래를 꼽으라면
이 노래를 주저치 않고 꼽을 정도로 이 시조를 좋아한다. 작자 이조년
은 본관이 성주로 성격이 강직하여 왕이 음란한 짓을 저지르는 것을
보자 이를 간하고 고향으로 돌아와 버렸다 한다. 요즘 세상에 대통령
이 음란한 짓을 저지른다 해서 사표를 집어 던지는 청와대 직원들이
하나라도 있을까? 채홍사(採紅使) 역할이라도 해서 승진이라도 해볼
까 생각하는 비굴한 사람들이 더 많지 싶다.

　　구름이 무심탄 말이 아마도 허랑하다
　　중천에 떠있어 임의(任意)로 다니면서
　　구태여 광명한 날빛을 덮어 무삼하리요

위의 시조는 고려 공민왕 때에 정언(正言)이라는 벼슬을 살던 석탄
(石灘) 이존오의 작품이다. 이존오는 성품이 강직하고 맑아서 신돈의
횡포를 탄핵하다가 울분으로 병이 나서 죽었다. 우리 속담에 "달도
차면 기운다."는 말이 있다. 흥하면 망하고 망하면 흥하는 것은 하늘
이 정한 이치, 왕건이 918년에 스스로 왕이 되어 개성에 도읍을 정하
고 나라를 연 고려는 왕건에 이어 임금이 30대를 지나 31대 공민왕에

이르러서는 나라의 운명이 저녁노을 속으로 저물어갔다.

홍건적의 난으로 왕은 복주, 그러니까 오늘날의 안동으로 피란을 가야했고 민생은 도탄에 빠지고 민심은 흉흉, 조정은 간신과 권신이 온 나라를 요리하고 있었다. 여러모로 보나 고려는 이미 회복할 가망이 없는 중환자가 되었다. 바로 이때 시골 승려 한 사람이 화려한 스포트라이트(spot-light)를 받으며 무대 위로 등장하였으니 그가 바로 편조(나중에 신돈이라고 함)다. 신돈은 창녕군에 있는 절 옥천사 노비의 아들로 태어났는데 어려서부터 총명과 지혜가 넘쳐나는 아이였다고 한다. 창녕 시골구석에 있던 편조(신돈) 법사가 공민왕에게 추천되어 그와 인연을 맺게 되면서 신돈은 탄탄대로의 출세길에 들어서게 된 것이다.

왕의 총애를 받은 신돈은 권력 높은 사람들이 가난한 사람들에게서 강제로 빼앗은 토지를 본 주인에게 돌려주는 과감한 토지개혁으로 단숨에 서민의 영웅이 되었다. 게다가 능력본위의 인재등용을 하여 신돈의 인기는 하늘 높은 줄 모르고 치솟았다.

이렇게 자기의 권력과 힘과 인기가 치솟고 배부른 사람이 되자 신돈은 처음의 열정과 의지는 식어버리고 어느덧 국정을 제 멋대로 주무르고 여색에 빠지는 요승으로 전락하고 말았다. 위의 노래 "구름이 무심탄 말이…"는 7년 동안 나라를 어지럽히고 임금의 총명을 가린 요승 신돈을 빗대어 지은 것이다.

(2010. 12.)

14 백설이 잦아진 골에

백설이 잦아진 골에 구름이 머흐레라
반가운 매화는 어느 곳에 피었는고
석양에 홀로 서 있어 갈 곳 몰라 하노라

※**해설** : 흰 눈이 자주 내리는 산 골에 구름이 험악하구나. 반가운 매화는
어디에 피었는가? 날은 저무는데 어디로 발길을 돌려야 할지 갈 곳을 모
르겠구나.

무너져 가는 고려 왕조를 붙들고 어찌할 줄 몰라 하는 고려의 충신
목은(牧隱) 이색의 애절한 마음이 잘 나타나 있다. 목은은 야은(冶隱)
길재, 포은(圃隱) 정몽주와 더불어 삼은(三隱)의 한 사람으로 불리는
고려 말의 대 유학자로 일컬어지고 있다.

신돈도 죽고, 공민왕도 죽고, 이성계 일파의 헛기침 소리만 커지면
서 바야흐로 고려의 운명은 바람 앞에 등불이 되었다. 그러나 기라성
같은 우국지사들, 예를 들면 포은, 목은, 야은과 같은 충신들은 쓰러
져가는 고려의 대들보를 부둥켜안고 있었으니 어떤 의미에서 보면
고려는 실로 행복한 임종을 했다고 볼 수 있다.

일 심어 느즛 피니 군자의 덕(德)이로다
풍상에 아니 지니 열사의 절(節)이로다
지금에 도연명 없으니 알이 적어 하노라

※**해설** : 일찍 심어 꽃은 늦게 피니 이는 모든 일에 신중을 기하는 군자의
덕행이요, 비바람 눈서리에 꽃은 떨어지지 아니하니 이는 지조 높은 열
사의 절개일세. 그 옛날 진나라가 망했을 때 벼슬에서 물러난 도연명 같
은 사람은 오늘날 세상에서는 찾아 볼 수 없으니 이를 슬퍼하노라.

날로 기울어져가는 고려 왕조를 생각하며 조정은 간신과 권신들로
들끓는 것에 비분강개한 심정을 노래한 고려 공민왕 때 문신 이헌(怡
軒) 성여완의 노래다. 이성계가 정몽주를 암살하자 그는 고려의 국운
이 다했음을 알고 경기도 포천 왕방산으로 들어가 숨어 살았다는 이
야기도 있고, 개경근교의 두문동에 들어갔다는 이야기도 전한다. 두
문동으로 들어간 신하들 말고도 많은 고려 충신들이 새 왕조 참여를
거부하고 향리에 가서 숨어 살았다. 그러면서도 그들은 학문을 게을
리 하지 않으며 후학을 지도하였다. 시골에 숨어살며 후학을 가르치
는 것이 무슨 의미가 있겠는가마는 이들의 이런 행위는 훗날 커다란
역사의 흐름을 형성했다고 한다. 즉 이들 후예들이 공신 집단인 훈구
파에 대항하는 사림파(士林派) 세력을 형성, 이 둘이 조선의 운명을
두고 그야말로 건곤일척(乾坤一擲)의 승부를 벌인 것이다.
위의 시에 난데없이 도연명(陶淵明)이 튀어나오는 것은 무슨 이유
일까? 도연명은 그의 〈음주5번째〉라는 시에서 "… 探菊東籬下悠然
見南山…"(동쪽 울타리 아래서 국화를 따다가 유유히 남산을 바라보

니…)라고 했기 때문에 '국화'하면 도연명으로, 도연명하면 국화로 연결되기 때문이다. 도연명은 진나라가 망하자 벼슬에서 곧바로 물러나 저 유명한 귀거래사(歸去來辭)를 읊으며 고향에 돌아가 여생을 보냈다.

> 흥망이 유수(有數)하니 만월대도 추초(秋草)로다
> 오백년 왕업이 목적(牧笛)에 부쳤으니
> 석양에 지나는 객이 눈물겨워 하노라

※**해설** : 흥하고 망하는 것이 운수가 정해져 있는 것이니 고려 왕조의 궁터 만월대도 고려가 망하고 나니 가을 풀로 덮여있네. 고려 오백년 왕업이 저 목동의 구슬픈 피리 소리에 남아있을 뿐이니 해질 무렵에 지나가는 나그네가 슬픔을 이기지 못하겠구나.

망한 고려 왕조의 덧없음을 슬퍼하는 원천석의 시다. 운곡(耘谷) 원천석은 본관이 원주로 지조가 굳은 고려 말의 선비다. 이성계의 아들 방원이 어렸을 때 그에게 글을 가르쳤다 한다. 조선이 들어서고 임금이 된 방원이 옛 선생에게 벼슬을 주려고 여러 번 불렀으나 끝내 응하지 않았다고 한다.

고려의 충신이 조선의 임금 태종의 부름에는 가지 않겠다는 꿋꿋한 절개에 머리가 숙여진다. 요즘 세상에 절개 따위가 무슨 소용이 있나, 케케묵은 소리 한다고 나무라겠지만 절개는 신의의 전조(前兆 : precursor)가 되기 때문에 절개를 지키지 못하는 사람은 신의도 없다고 볼 수 있다. 그가 방원의 부름에 응하지 않은 것은 벼슬에 취미가 없어서가 아니라, 고려왕조에 대한 충절 때문이었던 것 같다. 박정희 정권 때 대통령이 그의 학창시절 스승 L씨에게 벼슬을 주었는데 L씨는 그 인연 하나를 발판으로 해서 한 평생 거머리 같이 달라붙어 부귀영화를 누리던 것과는 너무나 대조적이다.

  췌언(贅言) 하나. 내가 한국 E여대에 가 있던 1999~2006년 사이 어느 해였다. 예술의 전당에서 퇴계(退溪) 이황 탄신 500주년 기념 퇴계 서예작품전을 가본 적이 있다. 그 때 그 기념 전시회에서 선조가 퇴계에게 서울로 올라와서 자기를 좀 보필해 달라는 요지의 큼직한 네모 밥상만한 크기의 교지(敎旨)를 내린 것을 본 적이 있다. 그때 선조의 뜻을 받들어 그 교지를 쓴 사람은 광주의 선비 기대승이었던 것으로 기억한다. 그것을 보는 순간 "아, 이런 게 있다더니 정말이구나."하는 생각이 들었다. 퇴계는 병을 핑계로 선조의 뜻을 따르지 않았다.

(2010. 12.)

15 선인교 내린 물이

선인교 내린 물이 자하동에 흐르니
반 천 년 왕업이 물소리 뿐이도다
아희야 고국 흥망을 물어 무엇하리오

※**해설** : 선인교에서 흘러내린 물이 자하동에 흐르니 오백년을 이어온 고려
왕조도 저기 저 흘러오는 물소리로 남았는가. 아, 이제 와서 고려 왕조의
흥망을 따져 본들 무엇하겠느냐.

위의 시조 작가 삼봉(三峰) 정도전은 본래 목은 이색의 문인으로
두뇌가 명석하고 기량과 배포가 컸으며 많은 사람들의 호감을 얻었다
고 전해진다. 그는 당시의 성리학자들이 명문거족 가문의 출신과는
대조적으로 몹시 하잘 것 없는 집안에서 태어났다. 그의 한미한 출신
배경은 동문수학하던 벗들로부터도 따돌림을 받았고 정도전의 출세
에도 엄청난 걸림돌로 작용했다. 어려서부터 동료들의 배척과 무시
를 당한 서러움이 뒷날 이성계의 역성(易姓)혁명을 지지하게 되는 밑
거름이 되었다고 보는 사가들이 많다.
　정도전이 조선 개국에 끼친 영향은 그 누구보다도 더 크다. 우선

조선이라는 나라 이름을 정하는데 그의 영향력이 거의 결정적이었고, 또 서울을 설계하고, 경복궁의 여러 전각과 동대문, 남대문 등의 4대문 이름을 지은 것도 바로 그였다. 정도전은 개국공신으로 문장과 책략으로 일세를 풍미하였으나 왕위를 위한 이성계 아들들 간의 싸움에서 신덕왕후 강씨 소생 방석을 지지하다가 신의 왕후 한씨 소생 방원에 주살(誅殺)되었다. 소위 줄을 잘못 선 것이다.

　눈 맞아 휘어진 대를 뉘라서 굽다던고
　굽을 절이면 눈 속에 푸를소냐
　아마도 세한고절(歲寒孤節)은 너 뿐인가 하노라

※**해설** : 눈을 맞아서 그 무게로 일시 휘어진 대나무를 누가 굽었다고 하던고. 눈의 무게에 그렇게 쉽게 휘어질 절개라면 흰 눈 속에서 저렇게 푸를 수가 있으랴. 아마도 눈 속 추위에서도 변치 않을 절개를 가진 것은 저 푸른 대나무 뿐인가 하노라.

　권력에 굴하지 않겠다는 꿋꿋한 자기 의지를 비유한 운곡(耘谷) 원천석의 노래다. 운곡은 고려 말의 정치가 부패, 문란함을 보고 분개하고 있었는데 이성계가 고려를 멸망시키자 원주 치악산에 들어가 손수 농사를 지으며 늙은 부모를 봉양하며 평생을 숨어 살았다. 일찍이 태종의 스승이었는데 태종이 왕이 되어 그의 조정에 기용하려고 여러 번 불렀으나 끝내 응하지 않았다. 한 번은 태종이 치악산에 있는 그의 집까지 찾아갔으나 미리 알고 피해버렸다고 전한다. 고려 왕조에 대한 충의심을 끝까지 지킨 것이다.

오백년 도읍지를 필마로 돌아드니
산천은 의구한데 인걸은 간데 없네
어즈버 태평연월이 꿈이런가 하노라

※**해설** : 500년 고려 왕조의 수도 개성을 한 마리의 말을 타고 들어가 보니
산천은 옛 모양 그대로나 오가던 인물들은 어디로 갔는지 간곳을 모르겠
네. 아, 태평세월 고려왕조의 지난날이 한바탕 꿈이었구나.

너무나 유명하고 가슴 저미어오는 야은(冶隱) 길재의 작품이다. 폐
허가 된 옛 수도 개경에 가서 인생의 무상함과 고려에 대한 회고의
정(情)을 함께 적은 걸작 중의 걸작이다. 이 시조를 읽으면 고등학교
2학년인지 3학년(3학년이면 지금부터 52년 전이다) 때인지 모르겠
으나 국어 고문시간에 중국 당나라 때 시인 두보(杜甫)의 〈춘망(春
望)〉이라는 시를 배우던 생각이 난다.

國破山河在(나라는 망했으나 산하는 여전하고)
城春草木深(봄이 찾아온 성에는 초목만 무성하네)
感時花濺淚(저 꽃은 시대를 슬퍼하여 눈물을 뿌리고)
恨別鳥驚心(저 새는 이별을 아파하여 마음 졸이네)

길재는 어렸을 때 양촌(陽村) 권근에게서 수학했으며 커서는 조선
3대 임금 태종과 친분이 남달리 두터웠다. 조선 새 정부에서 야은을
등용하려고 별별 수단을 다 썼지만 "여자에게는 두 남편이 없고, 신
하에게는 두 임금이 없다."며 거절하고 선산 고향으로 내려가 어머니

를 봉양하며 살았다. (야은 선생, 틀린 말 마소. 요새 드라마를 보면 남편이 서너 명씩 있는 여자도 있다는데요.)

야은의 가장 큰 공로는 정몽주→ 길재→ 김숙자→ 김굉필→ 조광조 등으로 이어지는 사림파(士林派)의 기초를 다진데 있다고 봐야 한다. 소위 영남학파라 불리는 학문의 종주(宗主) 산맥을 이룬 것이다.

(2010. 12.)

16 방 안에 혓는 촛불

방 안에 혓는 촛불 눌과 이별 하였관대
겉으로 눈물 지고 속 타는 줄 모르는고
저 촛불 날과 같아서 속 타는 줄 모르도다

※**해설** : 방안에 켜져 있는 저 촛불은 누구와 이별 하였기에 겉으로는 눈물을 흘리고 속이 타들어가는 줄은 모르는고. 저 촛불도 내 마음 같아서 슬퍼 눈물 흘리는 줄만 알았지 속이 타들어가는 것은 깨닫지 못하는구나.

    단종을 위해 죽은 신하 여섯 명, 소위 사육신(死六臣) 중의 하나인 이개의 노래다. 성삼문, 박팽년 등의 노래는 앞서 소개했다. 위의 시조에서 "저 촛불 날과 같아서 속 타는 줄 모르더라."는 구절 대신에 "우리도 천리에 임 이별하고 속 타는 듯 하여라."로 적힌 책도 있다. 강원도 영월엔 유폐된 어린 임금 단종을 그리워하며 지은 노래다.
    지은이 이개는 호가 백옥헌(白玉軒), 고려 말의 대학자 이색의 아들로 어릴 때부터 글을 잘 지었다. 목은 이색의 친손자인 이계전, 이계진 형제는 세조가 조카 단종을 왕위에서 쫓아낼 때 공을 세워 좌익(左翼) 공신에 책봉되었다. 조손(祖孫)이 가는 길이 달랐다. 앞서 밝혔듯이 좌익이란 말은 '임금이 되는 것을 도왔다'는 말인데 좌익공신 46명 중에 이계전 형제가 들어갔으니 자기 아버지, 할아버지 이름에 먹칠을 했다고 볼 수 있겠다. 이 공신들의 할아버지 목은 이색은 조선왕조의 개창을 인정하지 않고 산림에 숨어 살았고, 아버지 역시 그에 반대하다가 죽었는데 그 손자들은 권세 편에 붙어 부귀영화를 누렸으니 유전(流轉)은 자연계에만 있는 것이 아니다.

> 간밤에 울던 여울 슬피 울어 지내여다
> 이제야 생각하니 임이 울어 보내도다
> 저 물이 거슬러 흐르고져 나도 울어 보내리라

※**해설** : 지난밤에 울며 흐르던 여울물이 슬피도 울며 지나갔다. 지금 생각하니 임께서 울어 보낸 것. 저 물이 거꾸로 흐르기라도 한다면 나도 울어서 그 설움을 임에게 내 마음과 함께 보내고 싶다.

위의 노래를 지은이는 생육신의 한 사람 원호이다. 생육신(生六臣)이란 세조가 나이 어린 조카 단종을 왕좌에서 쫓아낼 때 이에 불복하여 어린 단종을 위해 죽은 여섯 신하(즉 박팽년, 성삼문, 유성원, 유응부, 이개, 하위지) 말고도 이 사건에는 가담하지 않았지만 세조 정권을 부인하고 벼슬을 거부한 신하 여섯을 일컫는다. 김시습, 남효온, 성담수, 원호, 이맹전, 조려가 그들이다.

위의 시조를 지은 관란재(觀瀾齋) 원호는 언제 태어나서 언제 죽었는지에 대한 기록이 없다. 세종 때는 집현전에서 일하는 선비였으나 수양대군의 패륜적 행위에 분개하여 벼슬을 버리고 고향인 원주에 내려가 살았다.

천만리 머나먼 길에 고운님 여의옵고
내 마음 둘 데 없어 냇가에 앉았으니
저 물도 내 안 같아야 울어 밤길 예놋다

※**해설** : 천만리 멀고 먼 길에 임금님을 이별하고 내 마음 어쩌지 못해 냇가에 앉았으니 저 물도 내 마음 같아서 울며 밤길 가는구나.

저자 왕방연(생몰연대 모름)은 단종이 강원도 영월 청령포(淸泠浦)에 유폐될 때 영월까지 가는 길의 호송을 책임 맡았던 관리였다고 적힌 책도 있고, 단종에게 사약을 가져가서 형(刑)을 집행한 관리였다고 적힌 책도 있다. 어쨌든 위의 노래는 구구절절 읽는 독자의 심금을 파고드는 애틋함이 서려있다.

나는 단종이 유폐되었던 영월 청령포에 여러 번 가 봤다. 최근에 갔더니 단종이 유폐되어있던 집 옆으로 집을 새로 짓고 그 안에 밀랍 인형들을 잔뜩 만들어 넣어 두어서 어딘지 '불쾌한' 생각이 들었다. 장삿속이 들여다보였기 때문이다. 그리고 청령포 앞을 흐르는 강 언덕에는 위의 "천만리 머나먼 길에…"의 왕방연의 시조를 적은 비석 하나가 촌스럽게 서 있었다. 관광객을 하나라도 더 유치해서 수입을 올리기 위해 저렇게 촌스럽게 굴어야 하나? 하는 생각이 들었다. 이 사람들은 비석만 하나 세워두면 그때 그 정서가 되살아나는 줄로 생각하는 모양이다.

(2010. 12.)

17 건너서는 손을 치고

강화도에 위리안치(圍籬安置 : 유배지에서 가시가 많은 탱자나무로 울타리를 만들고 중죄인을 그 안에 가두어 두던 형벌) 된 연산군은 얼마 더 못살고 죽었다. 병이 들어 죽었는지, 타살인지는 아직도 설이 구구하다.(공식 보고는 병사라 하나 이 공식 보고를 믿는 사람이 몇이나 될까?) 정황으로 보면 타살인 것 같다. 연산군의 두 아들도 죽임을 당했고, 부인 신(愼)씨는 두 번 다시 연산군의 얼굴을 보지 못하고 죽었다.

연산군을 몰아낸 박원종, 성희안, 유순정 세 사람은 나는 새도 떨어뜨릴 만큼 무한 권력의 소유자, 그들은 연산군 대신 앉혀 놓은 허수아비 임금 중종보다도 더 큰 권력의 소유자가 되었다. 그러나 이들은 뚜렷한 철학이 있는 인물들도, 청렴한 사람들도 아니었다. 예로, 박원종은 연산군 휘하에 있던 기쁨조 흥청(興淸) 300명을 전리품으로 받아 연산군이 이들에게서 대접받았던 것처럼 박원종 자신을 위해서 춤추게 하며 극도의 부와 사치와 호화로운 생활을 했다 한다.

무한한 권력을 즐기던 세 사람도 세월의 무게는 이기질 못하고 하나 둘씩 세상을 떠났다. 영의정 박원종은 만 43세의 나이로, 2년 후에 좌의정 유순정이 53세의 나이로, 그 다음 해에는 우의정 성희안이

52세의 나이로 저 세상으로 갔다.

한편 국정쇄신의 원대한 뜻을 품고 중앙 무대에 발을 올려놨다가 훈구파에게 된서리를 맞은 사림파 세력은 '씨도 안 남을 정도'로 거세되었다. 조광조에게 사약을 내리고 무수한 사림파 선비들을 배반한 임금 중종도 38년간 임금노릇을 하다가 56세에 죽고 그 뒤를 이어 인종이 왕위에 올랐다. 조선 역대 임금 중에 가장 짧은 치세(약 8개월)를 하다가 원인 모를 병으로 시름시름 앓다가 뒤를 이을 후사 하나 없이 세상을 떠나버렸다.

중종의 본처 신(愼)씨는 쫓겨난 연산군의 고모이고 아버지가 연산군의 매부라는 이유로 폐위되고, 반정세력들은 신(愼)씨가 계속 왕후로 있으면 언젠가는 죽은 아버지 신수근의 원수를 갚으려 들 것을 염려하여 중종의 간청, 애원에도 불구하고 부인 신씨와 이혼을 시켜버렸다. 100% 타의적(他意的)인 강제 이혼이었다.

신(愼)씨가 밀려나고 후궁으로 있던 윤씨가 왕비에 책봉되어 아들(후에 인종)을 낳았으나 산후병으로 곧 죽었다. 중종은 처복이 없는 사람이다. 첫째 부인은 실권을 쥔 혁명 주체 세력 측에서 역적의 딸이니 이혼할 것을 강요해서 헤어지고, 후궁으로 있다가 왕비가 된 부인은 인종을 낳고는 곧 죽고, 또 얻은 새 사모님은 윤(尹)씨로 이 부인이 독살스럽기로 유명한 명종의 어머니 문정왕후다.

문정왕후 윤씨는 인종의 계모로서 성질이 표독스럽기 이를 데 없으며 시기심이 많고 악독한 여자이기 때문에 전실 부인의 아들 인종에게 몹시 독하게 굴었다. 야사에는 문정왕후 윤씨가 몇 번이나 인종을 죽이려 했던 이야기가 전해 온다. 예로, 다음과 같은 이야기가 있다. 한번은 인종이 세자로 있을 때 그가 자고 있던 동궁에 불이 났다. 열기가 심하

게 번져 오는 데도 인종은 조용히 앉아서 타 죽겠다는 것이다. 그가
그렇게 말한 것은 계모인 문정왕후가 불을 질렀다는 것을 너무나 잘
알고 있었기 때문. 비록 계모이긴 해도 어머니인 문정왕후가 그토록
미워하니 자식 된 도리로 조용히 죽어주는 게 부모에게 효도하는 것이
아니냐는 것이다. 현대 감각으로 보면 인종은 분명 배냇병신이다.

이렇게 몇 차례 계모 문정왕후가 계획한 암살 기도를 간신히 벗어
나 서른 살 되던 해에 왕위에 오른 인종은 기묘사화 때 화를 당한
조광조를 비롯하여 사림파 선비들을 신원(伸寃)했다.

건너서는 손을 치고 집에서는 들라하네
문 닫고 들자하랴 손치는 데를 가자하랴
이 몸이 두 몸 되어 여기저기 하리라

※**해설** : 건너편에서는 손을 치며 오라고 야단이고 이쪽 집에서는 들어오라
고 야단이네. 문 닫고 집으로 들어갈까, 아니면 손뼉 치며 부르는 데를 들
어갈까. 내 몸이 두 개가 되어 여기도 가고 저기도 갔으면—.

〈옛시조 감상〉을 쓴 김종오 님은 이 노래를 처첩을 거느린 어느
풍류남의 난처한 처지를 익살스럽게 표현하고 있다고 하였다. 손뼉
을 치면서 오라고 손짓하는 사람은 첩일 것이고, 문 닫고 방으로 들어
가자고 하는 사람은 아내라는 말. 이것이 행복일까, 불행일까? 70을
넘긴 이 늙은이, 6년만 더 있으면 아무데서나 방귀를 꿔도 되는 80이
되는 나와는 별 상관없는 일이다.

(2010. 12.)

18 나 보기 좋다하고

조선 초·중기 왕비 중에는 유난히 윤(尹)씨가 많다. 세조의 부인, 성종의 폐비 그리고 중종의 두 부인 모두 넷이나 된다. 중종의 두 왕비 중 계비 장경왕후의 집안이 대윤, 계비 문정왕후의 집안이 소윤으로 불렸다. 장경왕후의 큰 아들은 뒷날 인종이 되었고, 인종은 아들을 낳질 못하고 죽고 문정왕후가 아들을 낳았으니 그가 바로 경원대군, 훗날 명종이다. 문정왕후가 자기 아들 경원대군을 왕위에 올릴 것을 꿈꾸면서 두 윤씨 집안의 싸움은 을사사화로 번진다.

나 보기 좋다하고 남의 임을 매양보랴
한 열흘 두 닷새에 여드레만 보고지고
그 달도 설흔 날이면 또 이틀을 못보리라

※**해설** : 내가 보기 좋다고 남의 임을 매일 볼 수가 있겠는가. 열흘에 두 닷새면 20일, 또 거기에 8일만 더 보태면 한 달에 28일을 보게 된다. 그 달이 30일이면 이틀은 못 보겠구나.

위의 노래는 남의 임을 짝사랑하는 무명씨의 노래다. 그 시절에도

"사랑해선 안 될 사람을 사랑하는 죄"를 지은 사람들이 많이 있었는가 보다.

> 들은 말 즉시 잊고 본 일도 못 본 듯이
> 내 인사 이러하메 남의 시비 모르노라
> 다만 지 손이 성하니 또 잡기만 아노라

※**해설** : 남에게서 들은 말은 돌아서면 그만 잊어버리고 내 눈으로 본 것도 안 본 것처럼. 내 처신이 이러하니 남의 잘못을 알리 있겠는가. 다만 내가 아직은 건강하니 그저 매일 술잔이나 기울이면서 한가로이 살아간다.

중종의 서녀와 결혼해서 중종의 사위가 된 이암(頤庵) 송인의 노래다. 글과 글씨에 뛰어났으며 퇴계, 율곡, 남명 등 당대 거유들의 존경을 받았다고 한다. 그저 보고도 못 본 척, 알고도 모르는 척 세상일에는 관심이 없는 척 술이나 마시며 모든 환난을 피해 사는 팔자 좋은 양반의 처세술이다. 인생을 살아가는데 조심, 조심 그야말로 복지부동(伏地不動)의 자세이다. 송인의 시조 한 수만 더 감상하고 을사사화로 넘어간다.

> 한 달 설흔 날에 잔을 아니 놓았노라
> 팔병도 아니들고 입덧도 아니난다
> 매일에 병 없는 동안은 깨지말미 어떠리

※**해설** : 한 달 설흔 날 하루도 술잔을 놓은 적이 없이 마셨네. 그래도 팔병

도 안 들고, 입병도 안 나는구나. 매일 병 없는 동안은 깨지 말고 취한 상
태에 있었으면—.

매일 술에 취하여 깨지 말았으면, 그리 술로써 이 세상 모든 것으로
부터 탈출해서 취생몽사(醉生夢死)라도 했으면 좋겠다는 심정을 노
래한 것이다.

을사사화는 명종이 임금 자리에 오른 직후 대윤(중종의 부인인 정
경왕후 윤씨의 오빠 윤임을 중심으로 한 인종지지 세력)과 소윤(중종
의 계비. 문정왕후 윤씨의 동생 윤원형을 중심으로 한 명종지지 세력)
의 싸움이 성냥을 그어대는 도화선이 되었다. 인종은 재위기간이 채
1년도 못되었으나 기묘사화 때 화를 입고 관직을 떠났던 선비들을
다시 불러 오는 등 성군(聖君)이 될 징후를 보였다.

그러나 문정왕후는 명종이 임금이 되자 인종세력과 사림파 세력을
싸잡아 몰아낼 궁리를 했다. 그 결과 뚜렷한 죄목도 없이 윤임을 비롯
한 대윤세력과 인종 때 등용되었던 수백 명의 사림파 세력들이 죽임
을 당하거나 유배길에 올랐다.

인종은 재위 8개월 보름 만에 시름시름 앓다가 문정왕후가 바라던
대로 경원대군(명종)에게 왕위를 넘기고 죽었다. 인종의 죽음에 대해
서는 정사와 야사가 서로 다르다. 정사는 인종이 중종에 대한 지나친
간호로 병을 얻어 죽었다고 한다. 한편 야사는 문정왕후가 떡에 독을
넣어 인종을 먹게 하여 독살했다고 한다. 어쨌든 명종이 즉위하자마
자 을사사화의 불길은 공식 점화되었다.

벽오동 심은 뜻은 봉황을 보려터니

내 심은 탓인지 기다려도 아니오고
무심한 일편명월이 빈 가지에 걸렸에라

※**해설** : 벽오동을 심으면 봉황이 온다고 해서 심었는데, 복 없는 내가 심어서일까 아무리 기다려도 봉황은 오질 않고 밤중에 한 조각 밝은 달만이(잎 떨어진) 빈 가지에 걸려있구나!

　을사사화는 다른 무오사화나 기묘, 혹은 갑자사화와는 달리 뚜렷한 죄목이 없이 음모와 모략, 중상, 대궐 안에 떠도는 헛소문 하나로 꼬투리를 잡아 문정왕후가 밀지를 내려 독단으로 죽여 버리거나 유배를 보내는 것이었다. 예로, 서울 근교 양재역 벽에 익명으로 문정왕후의 전횡을 비방하는 글이 붙었다. 이것을 누가 써 붙였다는 구체적 증거도 없으며, 제거해야 할 정적이 쓴 것이라 일방적으로 뒤집어씌우고는 죄 없는 선비들을 죽이거나 유배를 보냈다.
　소련의 스탈린(J. Stalin) 암흑시대의 비밀정치, 실로 무시무시한 공포정치를 400년 조금 전에 동방예의지국 조선에서 Ms, 문이 벌써 시범을 보인 것이다. 20세기 중반에 와서 이승만, 박정희, 전두환 정권 때 무고한 사람을 빨갱이로 몰면 별다른 구체적 증거 없이도 죽여 버리거나 패가망신시킬 수 있었던 것을 생각하면 을사사화에 대한 이해도 빨라질 것이다.

(2010. 12.)

19 넓으나 넓은 들에

문정왕후의 전횡은 임금 명종의 권위를 비웃을 정도였다. 승려 보우(普雨)를 신임하여 그를 병조판서에 등용하여 불교세력의 확산을 꾀하여 사림파 선비들의 미움을 샀다. 권력이 끝이 없을 것 같이 보이던 보우국사도 문정왕후가 죽자 '낙동강 오리알'신세. 제주도로 유배되었다가 제주 목사에게 장살(杖殺)되었다.

백성은 먹을 것 입을 것이 없어서 민심은 흉흉, 온 나라에 도둑, 거지들이 들끓었다. 벽초(碧初) 홍명희의 소설 주인공 백정 임꺽정(林巨正)이 3년간이나 관군에 잡히지 않고 황해도, 경기도를 휩쓸고 다닌 것도 이때였다. 홍길동이 활약한 때도 시국이 혼란스럽던 연산군 때가 아니었던가. 임꺽정이나 홍길동이 그토록 오래 버틸 수 있었던 것은 그들이 서민의 영웅, 즉 의적(義賊)으로 보였기 때문이다.

문정왕후의 지휘 아래 수백 명의 아무 죄 없는 선비들을 잡아다 죽이던 윤원형도 문정왕후가 죽자 실권하여 그의 애첩 정난정과 같이 고향에 도망가 있다가 둘 다 스스로 목숨을 끊었다. 문정왕후가 죽은 지 2년 후에 명종도 죽었다. 〈시조이야기〉 앞부분에서 꺼냈던 기득권 훈구파 공신세력은 사림파 세력과 을사사화를 계기로 마지막 대결을 마치고(사림파의 KO패) 거의 모두 하늘나라로 갔다.

넓으나 넓은 들에 흐르나니 물이로다
인생이 저렇도다 어드러로 가는게오
아마도 돌아올 길이 없으니 그를 슬퍼하노라

※**해설** : 넓으나 넓은 들에 흐르나니 물이로다. 인생이 저러한데 어디로 가
는 걸까? 아마도 우리 인생도 한 번 가면 다시 돌아올 길이 없으니 그게
슬픈 일이네.

인생무상을 노래한 어느 무명씨의 노래다. 한 번 가면 다시 오지
않는 인생의 허무에 대한 노래는 태곳적 동굴 때부터 있었고, 앞으로
사람이 이 땅에 발을 디디고 사는 한 나올 것이다.

"봄이 되면 풀이야 해마다 푸르련만
한 번 간 그대 돌아올지 어떨지
(春草年年綠/ 王孫歸不歸)"라고 읊은 당나라 시인 왕유를 연상시
키는 노래이다.

꽃이 진다하고 새들아 슬퍼마라
바람에 흘날리니 꽃의 탓이 아니로다
가노라 휘젓는 봄을 새워 무엇하리오

※**해설** : 꽃이 떨어진다고 새들아 슬퍼하지 마라. 바람에 흘날리는 것은 꽃
의 잘못이 아니다. 떠나가느라고 짓궂게 훼방 놓는 봄을 미워한들 뭘 하
겠는가.

수많은 선비들이 끌려가서 죽거나 유배 길에 오르는 을사사화의 비극을 한탄하는 면앙정(俛仰亭) 송순의 걸작이다. 송순은 이조참판, 대사헌, 한성부윤 등을 지냈는데 김안로가 정권을 잡고 휘두르자 고향 담양으로 내려가 독서와 거문고로 세월을 보냈다. 김안로가 사약을 받고 죽자 잠시 복직되어 다시 귀양을 갔다가 풀려나 담양으로 돌아와 면앙정을 증축하였다. 이때 고봉(高峰) 기대승이 면앙정가를 짓고 하서(河西) 김인후, 임억령, 제봉(霽峰) 고경명 등 호남문단의 거목들이 시를 지었다 한다.

　송순이 살던 성종—선조에 이르는 기간에는 유난히 굵직굵직한 사건이 많았다. 무오(1498), 갑자(1504), 기묘(1519), 을사사화(1548) 등 이른 바 4대 사화가 있었고, 소윤과 대윤의 격돌, 양재역 벽서 사건 등으로 많은 선비들이 죄 없이 잡혀가 죽었다.

　특히 자기를 추천했던 조광조가 기묘사화로 유배된 후 전라남도 능주에서 사약을 받고 죽자 송순은 충격이 너무 큰 나머지 벼슬을 버리고 낙향해 버렸다. 성품이 너그럽고 학문적으로 깊이가 있었기 때문에 그와 관계하는 선후배가 많았다. 성수침, 이황, 김인후, 임형수, 기대승, 고경명, 정철, 임제 등 모두 문필로 당대를 주름잡던 문인들이다.

　을사사화에서도 패배로 끝나고 말았지만 사림파는 이후 조선정계의 주도세력으로 확고히 등장하게 되었다. 이덕일 교수의 주장에 의하면 회재(晦齋) 이언적과 퇴계(退溪) 이황, 남명(南冥) 조식의 등장에서도 이제 사림파는 막을 수 없는 도도한 역사의 흐름이 되고 최후의 승자가 되었음을 알 수 있다고 하였다.

(2010. 12.)

20 창랑에 낚시 넣고

창랑(滄浪)에 낚시 넣고 조대(釣臺)에 앉았으니
낙조청강(落照靑江)에 빗소리 더욱 좋다
유지(柳枝)에 옥린(玉鱗)을 꿰어들고 행화촌(杏花村)으로 가리라

※**해설** : 푸른 물에 낚시 드리우고 낚시터에 앉았으니 해 지는 맑은 강은
강에 떨어지는 빗소리가 더욱 좋구나. 버들가지에 비늘 반짝이는 물고기
를 꿰어 들고 살구꽃 피는 마을(술집)로 갈거나.

사화에 휩말려들어 죽음을 기다리면서도 자연 속에 묻혀 한가롭게
살아가는 전원생활을 꿈꾸는 규암(圭菴) 송인수의 노래다. 규암이 홍
문관에 있을 때는 김안로가 나라 일을 제 마음대로 주무르던 시국.
이 때 규암은 김안로를 탄핵하였다. 그러나 도리어 그 일파에게 미움
을 사서 경상도 사천으로 유배되었다. 김안로 일당이 쫓겨나자 풀려
나서 대사성을 거쳐 대사헌에 올랐다. 다시 윤원형 일파의 미움을
받아 전라도 관찰사로 좌천되었다. 전라도에서 선정을 베풀고, 교육
문화사업을 일으켜 명 관찰사로 이름을 날렸다. 다시 대사헌에 올랐
으나 파직을 당하고 사약을 받았다.

호산(湖山) 천만리를 앉아서 다 보과라
무정한 강한(江漢)도 조종우해(朝宗于海) 하거든
하물며 대장부 제세장책(濟世長策)을 품안에서 늙히랴

※**해설** : 산과 호수의 파노라마 전경을 앉아서 다 보는구나. 무정하게 흐르
   는 강물도 바다에 이르는데 하물며 사내대장부가 세상을 다스릴 포부를
   펴보지도 못하고 품안에서 썩히랴.

동애(東崖) 허자의 작품이다. 중종 때 김안국의 문인으로 김안로가
황주목사 등 변두리로만 돌다가 김안로가 실각하자 대사헌을 거쳐
예조판서가 되었다. 세상을 건질만한 원대한 계획이 있으나 정적들
로 인하여 자기의 큰 뜻을 펴보지 못함을 원망스러워 하는 울분의
시조다.

청우(靑牛)를 빗기 타고 녹수를 흘러 건너
천태산 깊은 골에 불로초를 캐러가니
만학(萬壑)에 백운(白雲)이 잦았으니 갈길 몰라 하노라

※**해설** : (노자가 서쪽으로 유람할 때 탔던)소를 비스듬히 타고 개울을 건
   너 천태산 깊은 골에 불로초를 캐러가니 하늘에 높이 솟은 봉우리마다
   흰 구름이 자욱해 어디를 가야할지 모르겠네.

천태산은 옛날부터 신선이 사는 곳으로 알려진 곳. 어떤 사람이
약초를 캐러 천태산에 들어갔다가 어떤 여인을 만나 여섯 달을 살다

집에 돌아와 보니 7대인가 8대가 흘렀다는 얘기가 있다. 몇 년 전인가, 중국 장가계(張家界)라는 데 관광을 갔다가 산세(山勢)가 어찌나 수려한 비경이던지 "신선은 바로 저 봉우리 밑에 살겠지."하는 생각이 들었다. 노자가 추구했던 무위허정(無爲虛靜)의 세계관을 엿볼 수 있는 문신 죽창(竹窓) 안정의 작품이다.

내 사사로운 이야기 하나. 우리는 1967년 3월 26일에 캐나다 밴쿠버시에서 결혼을 했다. 두 사람이 부부가 되어 각자 가져온 '살림살이'를 정리 하는데 문득 아내 보따리에서 그녀가 옛날 동방 연서회에서 일중(一中) 김충현, 여초(如初) 김응현 선생의 문하생으로 있으면서 서예를 익힐 때 만든 작품이 하나 눈에 띄었다.

松下問童子(송하문동자) 言師採藥去(언사채약거)
只在此山中(지재차산중) 雲深不知處(운심부지처)

위의 시는 중국 당나라 때 시인 가도(賈島)의 시 〈은자를 찾아갔으나 만나지 못하고(尋隱者不遇)〉이다. 낙관을 보니 아내가 고등학교 2학년 때 쓴 글씨였다. 고등학교를 다니는 나이에 어른, 아니 늙은이나 좋아할 고리타분한 정서를 노래하는 시를 썼으니 나는 늙은 처녀한테 장가를 들었는가. 우리 부부는 그 때부터 비슷한 생각, 즉 늙은이나 좋아할 생각을 가진 부부로 44년을 별 사고 없이 살고 있다.

이 가도의 시를 조금 전에 소개한 "청우를 빗겨 타고…"와 비교해 보면 그 시들이 추구하는 이념에 있어서는 쌍둥이라고 해도 크게 틀린 말은 아닐 것 같다.

(2011. 3.)

21 선으로 패한 일 보며

선비들은 잡혀가서 죽거나 귀양길에 오르고, 나라 일은 몇몇 권세
가들 손아귀에서 놀아나고, 백성들은 먹을 것, 입을 것이 없어서 헐
벗고 굶주리던 연산—중종—인종—명종, 그 어두운 시절에 나온 시
조들을 살펴보자.

선으로 패(敗)한 일 보며 악으로 인일본가
이 두 사이에 취사 아니 명백한가
진실로 악된 일 아니하면 자연 위선 하느니

※**해설** : 착하게 해서 패한 일 보며 악하게 해서 이룬 일(인 일) 보았는가.
이 둘 사이에 취하고 버릴 것이 명백하지 않은가. 정말이지 악한 짓 안
하면 저절로 선한 짓 한 것으로 되나니.

중종 때 십성당(十省堂) 엄흔의 노래다. 엄흔은 언론탄압 중지를
건의한 것으로 유명하다. 언론탄압은 오늘날에만 볼 수 있는 현상이
아니라 봉건 제후 국가에서도 백성을 '가지고 놀려고'했던 통치자들
이 자주 썼던 방법의 하나였다.

뫼는 높으나 높고 물은 기나 길다
높은 뫼 긴 물에도 갈 길도 그지없다
님 그려 젖은 소매는 어느 적에 마를꼬

※**해설** : 산은 높고도 높고, 강은 길고도 길게 흘러간다. 높은 산 긴 물에 내 갈 길도 끝이 없다. 님(임금)을 생각하고 흘리는 눈물에 젖은 내 소매는 어느 때에나 마를까.

일중(日中)에 삼족오(三足烏)야 가지말고 내 말 들어
너도 반포조(反哺鳥)로 조중지증삼(鳥中之曾參)이거니
북당(北堂)에 학발쌍친을 더디 늙게 하여라.

※**해설** : 삼족오는 해, 조중지증삼은 새 중에서 효성이 지극한 새이니 해야 지지 말고 내 말 들어라. 너도 어미에게 먹이를 물어다 봉양하는 효성이 지극한 새가 아니냐. 그렇다면 북당에 계시는 백발이 된 우리 부모님을 더디 늙게 해다오.

위의 시조 두 수는 송호(松湖) 허강의 시다. 송호는 미수 허목의 할아버지. 어려서부터 학문에 부지런하고, 성정이 맑고 곧았으나 을사사화 때 아버지가 귀양 가서 죽는 것을 보고 세상에 나가지 않고 산수간에 노닐다 죽었다.

옥을 돌이라 하니 그래도 애닳구나
박물군자는 아는 법도 있건마는

알고도 모르는 체 하니 그를 설워하노라

※**해설** : 옥(玉)을 돌이라 우기니 그것이 애달프구나. 모든 것을 널리 아는 박식한 사람은 알 법도 하건마는 알고도 모르는 체 시치미를 떼고 있으니 그게 몹시 슬프게 하는구나.

모함과 술수가 이처럼 세상을 어지럽히는데 뭐하려고 어리석게 같이 입을 열어 말을 해서 걸려드느냐. 알고도 모르는 척 입을 다물고 있는게 살아남을 수 있는 유일한 길이라는 인재(忍齋) 홍섬의 노래다. 인재는 조광조의 문인으로 일찍이 김안로의 농간을 탄핵하다가 도리어 무고를 당해 유배 길에 올랐다. 인재는 명종 때 청백리에 오른 사람이다.

청백리는 재물에 대한 욕심이 없고 깨끗한 관리를 일컫는 말로 사간원에서 추천하여 왕의 최종 승인이 있어야 청백리에 오를 수 있다. 〈조선왕조실록〉에는 137명의 청백리가, 〈조선조청백리〉에는 115명, 〈문헌비고〉에는 142명의 청백리가 올라있다. 대표적 청백리로는 세종 때의 맹사성, 유관, 인종 때의 이현보, 명종 때의 이황, 선조 때의 이항복, 인조 때의 김장생 등이다. 조선 초기에는 관리들은 청렴결백보다는 집권자들에게 일편단심 충성을 바치는 것이 가장 중요한 덕목이었으나 차차 왕권이 안정되면서 청렴결백이 고위 공직자들의 중요한 덕목으로 떠오른 것이다.

전원에 봄이 오니 이 몸이 일이하다
꽃남은 뉘 옮기며 약밭은 언제 갈리

아이야 대 비어 오너라 삿갓 먼저 결으리라

※**해설** : 전원에 봄이 오니 내가 할 일이 많아졌다. 꽃나무는 누가 옮기며 약(藥)밭은 언제 갈 것인가. 야, 만득아, 어서 가서 대나무 비어 오너라. 우선 삿갓 먼저 짜야겠다.

　명종 때의 학자 대곡(大谷) 성운의 노래다. 을사사화 때 형이 화를 입고 억울하게 죽는 것을 보고 충청도 보은 속리산에 들어가 숨어 살았다. 위의 노래에는 자연 속에 묻혀 사는 즐거움이 솟아 넘친다. 손로원이 노랫말을 쓰고 박재홍이 노래를 부른 "벼슬도 싫다마는 명예도 싫어, 정든 땅 언덕위에 초가집 짓고…"로 시작되는 "물방아 도는 내력"이라는 뽕짝 노래가 생각난다.

(2011. 11.)

22 잘 새는 날아들고

　세조가 단종을 왕위에서 내쫓은 것을 계기로 부쩍 늘어난 공신들은 나라의 대부분 토지와 권력을 거머쥐고 잘 먹고 잘 살았다. 이에 불만을 품고 일어난 사림파는 무오사화를 시작해서 갑자, 기묘, 을사사화 등 큰 사화를 거치면서 훈구세력에 완패하여 씨가 마른 것 같이 보였다. 그러나 역사는 돌고 도는 것.

　명종을 지나 선조대에 이르러서 사림파는 무시 못할 세력으로 다시 고개를 쳐들었다. 우선 그들은 사림파의 영수로 부관참시를 당한 점필재 김종직을 영의정에 추증하였다. 죽고 나서 영의정, 아니 임금 자리에 앉힌들 무슨 소용이 있을까마는 영의정에 추증할 정도로 사림파의 세력이 커졌다는 말이다. 그 다음은 회재(晦齋) 이언적, 퇴계(退溪) 이황 같은 초 거물급 학자가 배출됨으로써 아무도 그 거대한 세력을 막을 수 없었다. 마치 전두환 정권 때의 민주화 운동 같은 것이었다. 이제는 사림파에 대적할 훈구세력도 별로 없으니 사림파간의 갈등으로 붕당(朋黨) 정치가 시작되었다. 많은 역사학자들은 사림파와 훈구세력의 갈등은 사화(士禍)이고 사림파 대 사림파 내부의 갈등은 붕당정치, 즉 당파 싸움이라 하였다.

　어머니의 간섭에서 벗어난 명종은 을사사화 때 억울하게 죽은 선비들을 복직해 주고 심의겸이란 선비를 등용하였는데 이 사람에게서 동서의 붕당이 시작되었다. 심의겸은 명종의 부인 인순왕후의 남동생으로 당시 문명(文名)이 높았던 김효원과 동인 서인으로 갈려 싸웠다. 동인은 주로 주리(主理) 철학을 펼친 남명 조식과 퇴계 이황의 제자들이 참여하는 영남학파가, 서인에는 주기(主氣) 철학을 주장했던 율곡 이이와 우계(牛溪) 성혼을 따르는 기호학파 선비들이 많았다.

잘 새는 날아들고 새 달[月]이 돌아온다
외나무다리로 홀로 가는 저 선사야
네 절이 얼마나 하관대 원종성(遠鍾聲)이 들리나니

※**해설** : 잠자리에 들 새는 날아오고 새 달이 둥그렇게 돋아온다. 외나무다리 위로 홀로 가는 저 중아, 너의 절이 얼마나 멀기에 절 종소리가 여기까지 들려오느냐.

"십 년을 경영하여 초려한간 지어내니/ 반 간은 청풍이요 또 반 간은 명월이라/ 강산을 들일 곳 없으니 둘러두고 보리라"의 작가 면앙정(俛仰亭) 송순의 시다. 마치 한 폭의 겸재(謙齋) 정선의 산수화를 바라보듯 그윽한 풍경이다. 위의 시조는 아마도 작가가 벼슬에서 물러나 고향인 전라남도 담양으로 내려가 면앙정을 짓고 풍월의 삶을 시작할 때 지은 노래인 것 같다. 면앙정의 시조는 전해오는 그의 성품처럼 순결 지순(至純)하다. 위의 시조가 송강 정철이 지은 것으로 기록된 데도 있다.

엊그제 버힌 솔이 낙락장송 아니런가

적은 덧 두던들 동량재 되리려니

어즈버 명당(明堂)이 기울면 어느 나무가 버티랴

※**해설** : 엊그제 베어 버린 소나무가 큰 낙락장송이 아니런가. 잠시만 그대
로 두었더라면 좋은 대들보감이 되었을 텐데. 아, 명당, 즉 이 나라가 기
울어지면 어느 나무로 대들보를 만들어 쓸까?

    지은이는 하서(河西) 김인후다. 하서는 전라남도 장성에서 태어나
서 어릴 때 김안국 밑에서 공부하였고, 나중에 성균관에 입학 퇴계
이황과 친분을 쌓았다. 을사사화가 일어나자 벼슬을 버리고 고향 장
성에 돌아간 하서는 다시 벼슬에 나아가지 않았다. 위의 노래는 양재
역 벽서 사건에 몰려 퇴계 이황이 문무를 겸비한 임형수가 억울한
죽음을 당한 것을 슬퍼하는 노래이다. 양재역 벽서 사건이란 전라도
양재역 벽에 문정왕후의 전횡을 비난하는 벽서가 나붙었는데 이 때문
에 벽서와는 아무 관계가 없는 임형수, 송인수 등이 윤임의 일당으로
몰려 죽음을 당한 사건을 말한다.
    하서(河西)는 경서(經書)는 물론 지리, 의학, 산수, 서예 등에 뛰어
난 재주를 보였다. 그는 임금 인종과도 인연이 깊어서 인종이 동궁시
절에 찾아와 글을 묻고 묵죽화를 받아가기도 했다 한다. 인종이 세상
을 떠나자 만사에 뜻을 잃고 고향 장성에 돌아가서 죽은 인종을 그리
며 시와 술로 외로움을 달래다가 쉰 한 살에 죽었다. 비록 임금과
신하 사이였지만 임금의 각별한 사랑을 받고 끈끈한 정을 나누어 오
던 하서는 왕이 세상을 떠나자 너무나 슬퍼 인종의 제삿날에는 뒷산

에 올라가 술을 마시며 통곡하며 밤을 새웠다 한다. 하서에 있어서 인종은 그의 전부라 해도 지나친 말이 아니다.

1,600편의 시를 쓴 다정다감한 시인이요, 뛰어난 도학자, 정치가였던 하서는 초야에 묻혀 살며 맑은 정신과 기개로 인생과 자연을 논하는 호남문학의 산실을 닦는 큰 틀이 되었으며 동시에 주정설(主情說)을 주장한 고봉(高峰) 기대승 같은 거유를 키우는데 큰 영향을 미쳤다.

(2011. 2.)

23 마음아 너는 어이

연산 – 중종 – 명종 – 인종 때는 무고한 선비가 사형을 당하거나 하루아침에 폐족이 되는 어지러운 사회, 그야말로 조선의 암흑기라 할 수 있다. 한 치 앞도 내다볼 수 없는 이 시국에 찬란한 빛을 내뿜는 사람이 둘 있었으니 하나는 재야(在野) 선비로 불리던 화담(花潭) 서경덕이요, 또 하나는 기녀(妓女) 황진이다.

화담은 개성에서 태어난 유학자로 평생 은둔 생활을 하며 학문을 닦다가 58세로 세상을 떠났다. 그는 영특하였으나 집이 너무 가난하여 교육을 제대로 받지 못했기 때문에 스승 없이 스스로 깨달은 유일한 선비라 전한다. 어머니의 간청으로 43세 나이로 생원시에 응시, 장원으로 급제하였으나 벼슬에는 나아가지 않았다. 조정에서는 진보파와 보수파의 싸움이 그칠 새가 없었고, 사회 전체가 깊은 수렁에 빠지는 꼴이었다. 우선 그의 시조부터 들어보자.

마음아 너는 어이 매양에 젊었느냐
내 늙을 적이면 넌들 아니 늙을소냐
아마도 너 쫓아 다니다가 남 웃길까 하노라

※**해설** : 마음아 너는 어찌 늘 젊어 있느냐. 내가 늙을 때면 너라고 해서 어
찌 늙지 않겠느냐. 아마도 너를 쫓아다니다가 남 웃길까 걱정이 되는구
나.

　화담은 천하의 명기 황진이의 육체적 유혹을 물리친 일화로 유명
하다. 그러나 가만히 생각해 보면 그 때는 오늘날처럼 CCTV나 몰래
카메라가 있는 것도 아니고 사진이나 기록도 없으니 유혹을 물리쳤
다, 사실이다 아니다는 어디까지나 진이와 화담 둘 만이 아는 사실이
다. 황진이가 정말 유혹했는지 화담이 유혹에 실패했는지, 아니면 황
(黃)양이 자기 주가(株價)를 올리기 위해 이런 말을 만들어냈는지는
알 길이 없다. 그러니 황진이의 육체적 유혹을 물리쳤다는 것은 화담
선생의 '실력 부족' 때문에 생긴 일인지도 모른다.
　화담은 유학 사상을 뛰어넘어 독창적인 철학 사상을 만들어 낸 학
자로 평가된다. 그의 제자들 중에서 가장 알려진 사람은 새해가 되면
일 년 신수(身數)를 보는 토정비결로 유명한 토정(土亭) 이지함이다.
토정은 화담 문하생이 되어 그에게 큰 영향을 받았다. 훗날 수리, 의
학, 복술(卜術), 천문, 지리, 음양 등에 통달한 것이 화담의 영향으로
보인다.
　화담은 그가 임종할 때 어느 제자가 "선생님, 기분이 어떠십니까?"
하고 묻자 그는 "내 일찍 삶과 죽음을 알고 있던 터라 지금은 편안한
기분이다."고 조용히 말한 후 눈을 감았다 한다. 시방 요단강을 건너
는 배에 발을 올려놓은 사람에게 "기분이 어떠냐?"고 묻는 것이 과연
적절한 질문인지는 모르겠으나, 어느 공자의 제자가 "선생님, 죽음은
무엇입니까?"하고 물었을 때 공자 대답이 "내가 삶이 어떤지도 잘

모르는데 죽음을 어찌 알리?"라고 한 대답과 좋은 대조를 이룬다.

내 언제 무신하여 님을 언제 속였관대
월침삼경에 온 뜻이 전혀 없네
추풍에 지는 잎 소리야 낸들 어이 하리오

※**해설** : 내가 언제 신의가 없이 님을 한번이라도 속였나요? 달이 다 기운
　　　　한밤중에 님께서 나에게 찾아온 기억이 없네요. 그리고 가을바람에 나뭇
　　　　잎 떨어지는 소리야 낸들 어찌 할 수가 없는 걸요.

　　위의 시조는 서화담의 노래 "마음이 어린 후니 하는 일이 다 어리다
/ 만중운산에 어느 님 오리오마는/ 지는 잎 부는 바람에 행여 긘가
하노라"에 황진이가 화답한 것으로 알려져 있다. 스승의 시조에 제자
가 이런 대답을 보내도 되는 건지 잘 모르겠으나 좌우간 두 사람이
서로 우정 이상의 감정을 가지고 있었을 확률은 퍽 높아 보인다.

동짓달 기나긴 밤을 한 허리를 베어내어
춘풍 이불 안에 서리서리 넣었다가
어른 님 오신 날 밤이어든 굽이굽이 펴리라

※**해설** : 동짓달 기나긴 밤을 둘로 갈라서 봄바람처럼 따스한 이불 속에 잘
　　　　포개어 넣어 두었다가 서방님이 오시면 꺼내어 굽은 곳마다 펴고 바로
　　　　잡아 펴리라.

오늘날 사람들이 황진이에 대해서 이렇다 저렇다 얘기를 많이 하는 것에 비해 불행하게도 황진이에 대한 확실한 생몰연대조차 알려지지를 않았다. 그녀에 대한 기록은 여러 가지 다른 이야기로 나와 있어서 신빙성이 적고 소설화 내지 신비화 한 것이 너무 많아 사실 여부를 가리기는 매우 어렵다. 그러나 그녀에 대한 이야기는 꾸며낸 이야기로 보는 게 좋을 것이다.

(2011. 2.

24 청산리 벽계수야

황진이가 기녀(妓女) 출신이라는 말은 앞에서 했다. 기녀 말이 나온 김에 기생 혹은 기녀에 대해서 몇 마디. 〈조선풍속사〉를 쓴 강명관 교수에 의하면 조선시대의 기생은 모두 관기(官妓)였다 한다. 〈경국대전〉을 따르면 기생 150명, 연화대라는 춤을 추는 기생 10명, 의녀 70명을 3년마다 전국 여러 고을의 관비 중에서 뽑아 올리게 되어 있다. 의녀(醫女)가 포함된 것은 여성 환자의 경우는 남자가 진료를 할 수가 없기 때문에 간단한 의술을 가르쳐 왕실과 서민들의 병을 고치는 사람을 둔 것이라 한다. 기생은 가무 외에 성(性)을 팔기도 하였다. 그러나 관기는 '조(操)'라는 게 있어서 아무리 상대방이 높은 지위에 있다 하더라도 마음에 들지 않으면 몸을 허락하지 않았다고 한다.

조선의 기생들은 우리의 시조문학에 큰 공헌을 했다. 시조에서 남녀 간의 사랑과 그리움을 노래하는 데는 기녀들이 거의 독차지 했다. 내가 가진 이태극 편 〈우리의 옛시조〉에는 18수의 시조가 소개되었는데 18수 전부가 기녀들의 작품이었고 그 모두가 남녀의 사랑을 그리워한 것이었다. 점잖은 양반집 부인이 남자에 대한 그리움이나 사랑을 드러내놓고 이야기 할 수가 있겠는가.

황진이는 우리 시조사에 특별한 위치를 차지한다. 그래서 황진이가 지은 시조 6수 중 2수를 더 소개한다. 그 나머지는 졸저 〈세월에 시정을 싣고〉에 소개되어 있다.

청산리 벽계수야 수이감을 자랑마라
일도창해(一到滄海)하면 다시 오기 어려웨라
명월이 만공산(滿空山)하니 쉬어 간들 어떠리

※**해설** : 푸른 산속을 돌아 흐르는 푸른 시냇물아 빨리 간다고 자랑하지 마라. 한번 바다에 이르면 다시 돌아가기 어렵지 않느냐. 밝은 달이 빈산에 가득 차 있으니 달구경도 하면서 쉬어 가면 어떻겠는가?

천하 명기 황진이의 절창이다. 한국남자로 나이 18세 이상 되는 사람이 이런 유혹을 듣고도 못 들은 척 뒤도 안돌아 보고 가던 길을 계속 가는 사내 녀석은 사내가 아닐 것이다. 당시 벽계수라는 여자에게 콧대 높다는 종친(宗親)이 개성에 온다기에 그를 유혹하려고 황진이가 일부러 뒤를 따라가서 이 노래를 불렀다고 한다. 나같은 촌놈이야 황진이가 이런 노래로 유혹하기도 전에 미스 황의 뒤를 히죽히죽 웃으며 따라다녔을 것이니 이처럼 자존심도 없는 사람에게 무슨 매력을 느꼈을까? 벽계수 말고 내가 갔더라면 이런 명작도 세상에 나오지 않았을 것이다.

이런 일이 있었다. 2002년 내가 막 〈세월에 시정을 싣고〉를 출간했을 때였다. 뜻밖에 토론토에서 한인 상가들이 많은 지역에서 수십

년간 큰 음식점을 경영하고 있는 N사장으로부터 전화가 왔다. 내용인즉 황진이의 "청산리 벽계수야…"가 내 시조집에서 빠졌더라는 것이다. 저녁을 먹다 말고 책을 뒤져 보니 과연 N사장의 말이 옳았다.

황진이 같은 정인(情人)을 두고 앙코르(encore)도 없이 어찌 쉽게 떠날 수 있겠는가. 하나만 더 음미해 보자.

청산은 내 뜻이요 녹수(綠水)는 님의 정이
녹수 흘러간들 청산이야 변할손가
녹수도 청산 못 잊어 울며 녀어 가는고

※**해설** : 푸른 산은 내 마음과 같고 흘러가는 푸른 물은 님의 정이로다. 푸른 물이 흘러간다고(변한다고) 청산이야 변하겠는가. 흘러가는 물도 청산을 잊지 못하여 울며 흘러가는 것일까.

세상의 남성들이여, 정인(情人)들이여, 그대들은 그대들의 정인(情人)들로부터 이같이 가슴 두근거리게 하는 구원의 연가(戀歌)를 들어 봤는가? 만약 들어봤다면 그대들은 진정 행복한 남자, 멋진 남자다. 500여 년 전 어느 불출세의 여류시인이 읊은 사랑의 정은 전자통신이, 판을 치는 오늘날의 그것과 표현의 멋스러움에 있어서는 변함이 없다.

황진이의 무덤은 지금도 황해도 장단 판교리에 있다고 한다. 북한의 그 엄격한 체제하에서 그녀를 찾아간 사람들이 1년에 몇이나 되겠는가. 통일이 되는 날이 오면….

청초 우거진 골에 자는다 누웠는다
홍안(紅顔)은 어디가고 백골만 물혔는다
잔(盞) 잡아 권할 이 없으니 그를 슬퍼하노라

※**해설** : 푸른 풀 우거진 골짜기에서 자고 있느냐 아니면 누워 있느냐. 그
곱고 아름다운 얼굴은 어디 가고 백골만 여기에 묻혀 있느냐. 술 잔 잡고
권할 사람이 이제는 없으니 그것이 슬프구나.

위의 시조는 황진이가 살아있을 때 교분이 있던 천하의 풍류객 백
호(白湖) 임제가 평안도 도사(都事)로 부임하던 길에 황진이의 무덤
을 찾아가 술잔을 부으며 읊었다는 노래이다. 점잖아야 할 고위 관리
가 미천한 기생의 무덤을 찾아가서 노래를 읊었다하여 파직을 당했
다. 내가 만일 당시 임금이었다면 임백호에게 사나이다운 일을 했다
고 명주 10필의 포상과 술 한 잔을 내렸을 것이다. 그런데 도리어
벌을 주다니―.

활 지어 팔에 걸고 칼 갈아 옆에 차고
철옹성외(鐵瓮城外)에 통개 베고 누웠으니
보완다 보리라 소리에 잠 못들어 하노라

※**해설** : 활에 시위를 얹어 팔에 걸고 칼을 갈아 옆에 차고 철통같이 견고
한 성가에서 전통을 베고 눈을 잠깐만 붙이려고 누웠으니 '보았느냐 보
았다' 하는 군호소리에 잠이 오질 않는구나.

위 시조의 작자는 백호 임제의 아버지 무관 임진이다. 중학교 때 배운 영어에 'As is the father, so is the son(그 애비에 그 아들).'이란 말이 생각나는데 백호의 그 호걸스러운 풍류(風流)가 그 아버지에게서 물려받았다는 것을 알 수 있다.

(2011. 3.)

25 청량산 육륙봉을

청량산 육륙봉을 아는 이 나와 백구
백구야 헌사하랴 못믿을손 도화(桃花)로다
도화야 떠지지 마라 어주자(魚舟子) 알까 하노라

※**해설** : 청량산 12봉우리를 아는 사람은 나와 갈매기뿐. 설마 갈매기야 이런 비경(秘境)이 있다고 여기저기 떠들고 다니겠는가. 믿지 못할 것은 복숭아꽃. 복숭아꽃아 제발 떨어지지 마라. 네가 떨어져서 계곡에 떠내려가면 낚시꾼이 이 근처에 좋은 경치가 있다는 것을 알게 되지 않을까 걱정된다.

옛날 중국 진(秦)나라 때 복숭아 꽃잎이 떠내려 오는 것을 보고 무릉도원(武陵桃源)을 발견했다는 옛 이야기를 끌어 온 것이다. 청량산은 경상북도 안동군과 봉화군 경계에 있는 산으로 큰 바위로 이루어진 주봉은 말할 수 없이 아름답고 가을 경치는 환상적이다. 신라 때 명필 김생이 10년 동안 글씨 공부를 했다는 김생굴이 있고, 퇴계가 공부하던 오산당(吾山堂), 고려 때 공민왕이 홍건적을 피해서 복주(지금의 안동)까지 피난을 왔다는 것을 기념하는 유적도 있다. 일개

도적떼가 일으킨 난리에 임금이 수도 개경을 버리고 600리나 떨어진 궁산 벽지 안동 청량산까지 도망을 왔다하니 겁이 많아도 이렇게 많은 임금은 단군 이래 단연코 금메달 감이지 싶다. 청량산은 육륙봉의 육륙봉은 6+6=12봉우리라 할 수도 있고 6×6=36봉우리라 할 수도 있다. 나는 아무리 세어 봐도 36봉우리는 안되고 12봉우리라 결론짓고 말았다.

나는 수필을 쓸 때나 다른 글에서 청량산과 청고개에 관한 이야기를 여러 번 꺼낸 적이 있다. 청량산과 청고개는 내 영혼의 발원지요 안식처—. 어려서 10리길 학교를 갔다 집에 돌아오자면 넘어야하는 청고개[靑峴]라 불리는 고개가 하나 있다. 그 고갯마루에 올라서면 저 멀리 훤히 내다보이는 청량산이 보인다. 그 고갯마루에 앉아 청량산을 보고 그 위로 날아가는 비행기 구경도 하고, 혼자 노래도 부르며 공상도 많이 했다. 그러니 청량산, 청고개는 정(情)이 들어도 보통 깊이 든 것이 아니다. 내가 이 세상을 하직하는 날 영혼이라는 게 있다면 이 영혼은 캐나다의 평원을 지나고 태평양을 건너 청량산과 청고개를 맴돌 것이라고 믿는다. 언제였던가. 나는 청량산과 청고개를 애타게 그리워하는 노래 2수를 적었다.

청량산

산돌아 물돌아 하늘 아래 열두 구비
멧새도 오지 않는 내 고향 육륙봉에
세월은 강이 되고 갈대밭되어

겨울 가고 봄 여름 가을이 오고
그리움 산국화되어 바람끝에 맴돈다

영(嶺)너머 들을 지나 시내 건너면
정(情)에 매인 그 세월 억만년 세월
꿈길 따라 찾아간 꼬까옷 옛날
세월은 바람되어 꿈이 되나니
그리움 아지랑이 되어 봄날 속에 흐른다

           청고개

꽃피던 산마루로 자동차길 나고
흐르던 앞 강물은 호수되었네
그리워라 그리워라 내 고향이여
주인 없는 산속에 뻐꾹새 운다

바람은 옛 그대로 솔향기도 그 옛날
무심한 흰 구름만 홀로 떠가네
그리워라 그리워라 내 고향이여
주인 없는 산 속에 뻐꾹새 운다

2010년이었던가. 내게 행운이 찾아왔다. 한국 문화방송 MBC 관현
악단 단장을 지낸 홍원표 형을 만나 막무가내로 이 두 노랫말에 곡을

붙여 달라고 졸라 2개의 쌍둥이 예술가곡이 태어나게 된 것이다. 남이야 어떻게 생각하든 나에게는 대단히 뜻 깊은 일이다.

청량산에 팔려 그 시조의 주인공 이야기를 잊어버렸다. 작가 퇴계(退溪) 이황은 경상북도 예안 온계리에서 태어났다. 27세에 재수로 진사시에 합격, 성균관에 들어가 이듬해 사마시에 합격, 33세에 다시 성균관에 들어가 김인후 등과 교유하였다.

을사사화가 터지자 병을 핑계로 모든 관직을 내놓고 고향으로 돌아와 낙동강 상류 토계에 살며 학문에 전념하였다. 이때 토계를 퇴계(退溪)라 개칭하고 자신의 아호로 삼았다. 46세 때의 일이다.

퇴계가 본격적으로 학문에 정진한 것은 그가 49세가 되던 해 43살 때 얻은 〈주자대전〉을 읽고 난 다음부터였다고 한다. 그러니 퇴계가 본격적으로 성리학에 열을 올린 것은 49, 50세 부터였다. 이 같은 늦둥이로 시작한 학문을 통해 조선 성리학의 최고봉에 이르는 한편 김성일, 조목, 이산해, 황준량 같은 당대의 기라성 같은 학자들을 배출하여 조선 주지(主知)철학의 한 산맥을 이루었다.

(2011.)

26 지아비 밭 갈러 간 데

지아비 밭 갈러 간 데 밥고리 이고 가
밥상을 받들되 눈썹에 맞추나이다
진실로 고마우시기 손이나 다르실까

※**해설** : 남편이 밭 갈러 간 곳에 밥을 담은 광주리를 이고 가서 밥상을 눈썹 높이에 맞추어 공손히 들어 바칩니다. 참으로 고마우신 우리 남편, 손님을 대하는 것과 다를 게 무엇입니까.

눈썹에 맞춘다는 말은 중국 한나라 때 양홍이라는 사람의 아내가 남편을 지극히 공경해서 양홍이 일을 마치고 집에 돌아오면 밥상을 차려 눈썹 높이까지 공손히 높이 들고 와서 남편이 잡수시기를 권했다. 이 일을 거안제미(擧案齊眉)라 하는데 남편을 깍듯이 모신다는 말로 쓰인다. 요사이 한국의 부인들 중에 거안제미를 하는 주부가 있다면 여성의 권위를 실추시켰다는 이유로 대한여성회에서 이 남편을 고소하고 말 것이다. 거안제미는커녕 저녁 한 끼라도 자존심 굽히지 않고 얻어먹는 사람이 있으면 그가 바로 현대판 거안제미를 하는 사모님을 모시고 산다고 해도 지나친 말이 아닐 게다.

위 시조의 작가는 중종 때의 문신 신재(愼齋) 주세붕이다. 신재는 일찍이 김안로의 독살스런 눈빛을 피해서 어머니 봉양을 핑계로 곤양 군수로 나갔다. 경북 풍기 군수로 있을 때는 교육을 위해 향교를 세우고 조선 최초의 서원 백운동서원(나중에는 소수서원으로 개칭)을 설립하였다. 황해도 관찰사가 되어 해주에 있을 때는 수양서원을 세워 교육 사업을 진흥시켰다. 시조 15수 가량을 남겼는데 유교 윤리적 행동규범을 강조하는 시조들이 대부분이다. 너무 지나치게 도덕적 행동규범을 강조하였기 때문에 작품들이 부드러운 맛이 적고 고리타분하게 들리고 문학적인 면이 부족하다는 평을 듣는다.

　　두류산 양단수(兩端水)를 예듣고 이제 보니
　　도화 뜬 맑은 물에 산영조차 잠겼에라
　　아희야 무릉이 어디메뇨 나는 옌가 하노라

※**해설** : 지리산의 명승 양단수를 말로만 듣다가 이제 와서 보니 복사꽃 떠가는 물에 산 그림자까지 잠겨 있구나. 아, 무릉도원이 어딘가 했더니 바로 여기로구나!

위 시조는 경상남도 합천에서 태어나고 어려서부터 고고한 기풍과 타협을 모르는 도학자의 자세에서 조금도 흐트러짐이 없이 깨끗한 선비로서 일생을 보낸 남명(南冥) 조식이 지리산의 절경 양단수를 두고 읊은 노래다. 그의 나이 38살 때부터 여섯 번의 벼슬을 제수 받았으나 모두 거절하고 일절 관직에 나아가지 않았다고 한다. 명종 말년 훈구세력이 무너지면서 임금이 남명을 조정으로 불러 상서원 판관을 맡겼으나 불과 9일 만에 사퇴하고 고향으로 돌아왔다. 명종인지 선조인지 기록이 달라서 분명치는 않으나 남명의 명성을 들은 임금이 그를 불러 세상 다스리는 일에 대해서 강의를 해달라고 한 적이 있다. 남명이 한양으로 가서 강의를 했는지 아닌지에 대해서는 기록이 없다.

남명은 벼슬 않고 초야에 묻혀 있으면서도 나랏일을 걱정하고 말로만 떠든 게 아니라 행동으로 옮길 것을 강조하였다. 남명의 이러한 가르침 때문에 임진왜란이 일어나자 망우당(忘憂堂) 곽재우 등 많은 남명의 제자들이 의병을 일으켰다. 30대 후반에 이름이 알려지자 경상좌도에는 퇴계(退溪) 이황, 경상우도에는 남명(南冥) 조식이란 말이 돌았다.(좌도, 우도니 하는 말은 서울에 서서 낙동강을 중심으로 왼쪽은 좌도, 오른쪽은 우도라 한다.)

부산대학교 이동영 교수가 쓴 〈조선조 영남시가 연구〉를 따르면 남명의 수제자 정인홍은 영창대군을 죽이고 인목대비를 폐하는 소위 살제폐모(殺弟廢母) 사건에 걸려 인조반정을 주도한 서인들에 의하여 89세 나이에 주살(誅殺)되고 말았는데 이 일로 남명은 크나큰 타격을 입고 학문적으로도 회복하지 못했다고 한다. 89세의 노인을 끌어내어 목을 쳐야 속이 풀릴 정도로 증오에 찬 정국이다. 남명의 문인들 중에는 그의 문인이라는 사실을 감추거나 한강(寒岡) 정구처럼 안동 예안에 있는 퇴계문하로 옮겨간 사람도 있다. 서인들의 분풀이로 정인홍이 무참히 희생되자 남명학은 형편없이 위축되고 왜곡과 폄하가 시작되었다.

60세 되던 해에 남명은 지리산 청왕봉이 보이는 곳에 산천재(山天齋)를 짓고 만년까지 강학에만 힘썼다. 퇴계에게는 청량산이 있고,

남명에게는 지리산이 있었다. 이렇게 두 선비는 16세기를 살았던 도학의 거봉들이다.

　삼동에 베옷 입고 암혈에 눈비 맞아
　구름 낀 볕 뉘도 쬔 적이 없건마는
　서산에 해지다 하니 그를 설워 하노라

※**해설** : 추운 겨울에 베옷을 입고 바위굴 속에서 눈비를 맞고 살면서 조그만 임금님의 은혜도 받은 적이 없지마는 임금님이 세상을 떠나셨다하니 서러움이 복받치는구나.

　대부분의 시조 풀이 책에는 위의 시조를 남명 조식의 작품이라고 소개되어 있다. 1996년에 나온 성낙은의 〈고시조 산책〉에 의하면 "최근 발견된 〈해암문집〉에 의해 작자가 잘못 전해졌음이 밝혀졌다." 즉 남명이 아니고 명종 때의 학자 해암(懈菴) 김응정의 작품이라는 것이다. 어린 나이로 임금 자리에 올라 대윤과 소윤의 싸움, 을사사화의 소용돌이에 시달리다가 34세의 나이로 죽은 명종을 불쌍히 여기는 시조다.

(2011.)

27 태산이 높다 하되

태산이 높다 하되 하늘 아래 뫼이로다
오르고 또 오르면 못 오를리 없건마는
사람이 제 아니 오르고 뫼만 높다 하더라

위의 시조는 중종—선조 때의 문신 봉래(蓬萊) 양사언의 노래다.
내가 어렸을 적에 경북 안동군 예안면에 있는 예안 국민학교(어허,
초등학교라는 말 대신에 국민학교 라는 말을 쓰니 벌써 어색해지네!)
를 다닐 때 교과서에 실려 있던 노래. 노력하면 안 될 일이 없다는
교훈으로 배웠다. '하면 된다'는 강철 같은 의지를 가지란 말이다. 그
러나 이 세상에는 '죽어라 해도 해도 안 되는 일'도 많다는 것을 깨닫
는 것도 인생을 살아가는데 큰 도움이 될 때도 있다. 해도 해도 안
될 때는 깨끗이 포기할 줄도 알아야지 항상 자기의 노력 부족으로
돌리는 것은 정상적으로 건강하지 못하다는 게 나의 주장이다.

오면 가려하고 가면 아니오네
오노라 가노라니 볼 날이 전혀 없네
오늘도 가노라 하니 그를 설워하노라

위의 노래는 신하 옥계(玉溪) 노진이 고향으로 돌아간다기에 이별의 슬픔을 적은 것이다. 선조는 조선 제14대 임금. 첫째 부인은 아이를 낳지 못하는 석녀(石女)이고, 둘째 부인은 김제남의 딸 인목대비이다. 선조는 그가 태어났을 때만해도 그가 왕이 되리라고 예견한 사람은 없었다. 선조 앞에 임금이 될 후보들이 많았기 때문이다.

능력은 있으나 독살스럽고 온 나라를 공포 분위기로 몰아넣던 명종의 어머니 문정왕후는 자기 아들을 왕위에 앉히는 것까지는 성공했으나 그 이상 자기의 핏줄을 왕으로 이어가지 못하고 죽고, 2년 후에는 명종도 죽고 말았다. 왕위를 이을 사람이 없게 되자 대신들은 명종의 부인 인순왕후에게 후사를 결정해 달라고 하여 낙착된 것이 안씨 부인의 아홉 번째 아들 덕흥군의 셋째아들 하성군. 그의 위치에서는 왕위는 꿈도 꿀 수 없는 자리임에도 인순왕후의 추천으로 왕위에 오른 것이다. 이렇게 해서 왕위에 오른 하성군 선조는 재위 41년 동안 임진왜란, 정유재란, 신의주로 피난, 정여립의 난, 당파싸움의 본격화 등 대형 사고를 겪었다.

당파 싸움은 선조 때 본격적으로 시작되었다. 사림파는 네 번이나 큰 사화를 겪고 멸종이 되지는 않았을까 걱정했는데 짓밟혔던 잡초처럼 다시 일어나 명종 말기에는 훈구세력을 물리치고 정권을 장악했다. 그러나 집권 사림파는 곧 인사권 직위 선정 문제로 동인과 서인으로 갈라졌다. 김효원이 서울 동쪽에 살았기 때문에 동인, 인순왕후의 동생 심의겸이 서울 서쪽에 살았기 때문에 서인이란 이름이 붙었다. 김대중 대통령 시절에 상도동계니 동교동계니 부르던 것과 같다.

명종 때 싹이 터서 선조 때 본격적인 당쟁이 시작될 때 율곡(栗谷) 이이가 동인·서인간 화합을 시키려는 노력을 아끼지 않았다. 그러나 그는 동인들의 공격을 받고 본의 아니게 서인으로 몰려버렸다. 선조는 동인·서인의 대립을 이용하여 교묘히 왕권을 강화하려 들었다.

동인이 정권을 잡자 일어난 정여립 사건은 동인·서인간의 대립을 더욱 치열하게 만들었다. 정여립 사건이란 무엇인가? 정여립은 전라북도 진안 사람으로 본래 율곡의 문인이었으나 율곡이 죽은 후 동인으로 당적을 바꿨다. 그리고는 그는 율곡을 맹렬히 비난하였다. 정여립은 전주 지방의 무사, 천인(賤人)들과 대동계란 단체를 조직하고 서로 가깝게 지냈다. 임진왜란이 일어났을 때 이 대동계가 의병으로서 왜구와 싸웠다. 그런 정여립이 모반을 계획한다는 제보가 조정으로 날아들었다.

선조는 정여립 '모반'의 수사를 송강(松江) 정철에게 맡겼다. 강직하기로 유명한 송강은 도끼를 들고 무소불위의 권력을 휘둘러 동인들에 대해 칼날을 휘둘렀다. 최영경, 이발 형제가 사형 당함은 물론 송강의 고향 사람들도 무자비하게 단죄하여 많은 원한, 특히 동인의 원한을 샀다. 동인은 정여립 사건을 정철을 비롯한 서인의 정치공작으로 서인은 같은 사건을 모반사건으로, 선조는 당쟁을 이용해 왕권을 강화하는 수단으로 삼았다.

정여립 사건은 흔히 모반사건으로 불리지만 증거는 희박한, 덮어씌우기식 증거로 사람을 몰아 죽인 사건이었다. 미수(眉叟) 허목에 의하면 약 천명의 호남 사대부가 화를 입었다고 한다. 그 사건의 한가운데 송강 정철과 선조가 있었다.

(2011. 3.)

28 이고 진 저 늙은이

　내 생각으로 선조 때에 걸출한 인물 셋을 꼽아보라면 불멸의 시인 송강(松江) 정철, 위대한 성리학자 율곡(栗谷) 이이, 그리고 구국의 영웅 충무공(忠武公) 이순신, 이 셋을 꼽고 싶다. 오늘은 그들의 시조를 살펴본다. 먼저 정철의 시조 몇 수부터 보자.

　어버이 살아실제 섬길 일 다하여라
　지나간 후면 애닲다 어이하리
　평생에 고쳐 못할 일은 이뿐인가 하노라

　이고 진 저 늙은이 짐 벗어 나를 주오
　나는 젊었거니 돌인들 무거울까
　늙기도 설워라커든 짐을 조차 지실까

　위의 시조 2수는 부모와 노인을 공경하라는 해설이 필요 없는 노래다. 노인 공경에 대한 사회적 요구는 옛날이나 지금이나 별로 변함이 없어 보이나 노인을 공경하는 행동은 해가 갈수록 줄어드는 것 같다. 한국에 나가서 살 때 내가 당한 일이다. 한 번은 H대학교 앞에 있는 어느 맥주집에 친구 몇이서 들어갔는데 자리에 앉자마자 어느 남자 종업원이 오더니 귀에다 대고 "실례지만 좀 나가주십시오."하는 게 아닌가. 내가 동냥을 얻으러 온 걸인도 아닌데 손님을 보고 나가라니.

이유를 물으니 대답은 분명했다. 노인들이 오면 젊은 손님이 줄어든다는 것이다. 우리 때문에 매상(賣上)이 떨어진다는 데야 버티고 앉아있을 배짱이 없어서 씁쓸한 심정으로 맥주집을 나왔다.

내 마음 베어내어 저 달을 만들고자
구만리 장천(長天)에 번드시 걸려있어
고운님 계신 곳에 가 비춰나 보리라

※**해설** : 내 마음을 칼로 썩 베어서 저 달을 만들어 넓고 넓은 하늘에 번듯이 떠 있으면서 임금님이 계신 곳을 훤하게 비춰드렸으면—.

송강의 문학을 비꼬아 귀양문학 또는 아첨문학이라는 사람들이 있다. 앞서 소개한 시조와 같은 유(類)의 시조가 이 2수 외에도 많다는 데서 그런 평판을 듣지 않을까 하는 생각이 든다. 그런데 송강은 누구에게 아첨할 사람은 아니었을 것이다. 그는 어느 모로 보나 대단히 강직한 선비였다. 송강의 성격은 불같이 강직하여 어디를 가나 큰 논쟁을 불러일으키고 당쟁의 불씨가 되었다 한다. 서인이었던 그는 동인의 영수 김효원을 맹렬히 비난하였다. 한편 동인의 끊임없는 비난을 받고 고향으로 낙향했다가 다시 강원도 관찰사가 되어 우리가 고등학교 때 배웠던 "강호에 병이 깊어 죽림에 누웠더니…"로 시작되는 그 유명한 〈관동별곡〉을 지었다. 동인의 탄핵을 받아 또 다시 낙

향한 그는 〈사미인곡〉〈속미인곡〉〈성산별곡〉 등 주옥같은 가사와 시조를 창작하여 우리 문학사에 빛나는 업적을 남겼다.

송강은 낙향해서 고향 담양에서 10여 년 동안 살 때는 임억령, 김인후, 송순, 기대승 등 당대 최고의 석학들에게 시와 학문을 배우고 서울에서는 이이, 성혼, 송익필 같은 당대의 거유들과 친분을 맺었다. 말년에 강화도로 물러난 송강은 58세를 일기로 이 세상을 하직하는 눈을 감았다.

고산 구곡담을 사람이 모르더니
주모복거(誅茅卜居)하니 벗님네 다 오신다
어즈버 무이(武夷)를 상상하고 학 주자를 하리라

※**해설** : 고산의 구곡담(九曲潭)을 사람들이 모르더니 내가 풀을 베어내고 집을 마련하니 그제사 벗님들이 모여드는구나. 아! 주자가 공부하던 무이산을 상상하고 나도 여기서 그의 학문을 닦으리라.

위의 시조는 율곡 이이의 작품으로 고산 구곡가의 서곡(序曲)이다. 고산 구곡가란 율곡이 해주 석담에 있을 때 중국 송나라 주자의 '무이구곡(武夷九曲)'을 본떠서 지은 연시조로 아홉수에 서곡 1수, 모두 10수를 말한다. 율곡은 여류시인이자 화가요 현모양처로 알려져 우리나라 지폐에도 나오는 사임당 신씨의 아들로 강릉에서 태어났다.

3~4세에 글을 깨우쳐 신동(神童)이란 말을 들었으며, 13세 때 과거에 합격해서 세상을 놀라게 했다. 16세 때 어머니를 여의자 인생에 회의를 느껴 머리를 깎고 금강산에 들어가 수도하다가 우연히 〈논

어〉를 읽고 성리학에 몰두하게 되었다.

22세 때는 경북 안동에 있는 거유 퇴계 이황을 방문하여 이틀을 도산서원에 묵으며 학문을 토의하다가 왔다. 당시 58세의 대학자였던 퇴계는 자기보다 36세 아래의 패기에 찬 청년학자 율곡의 질문에 성실한 자세로 대답해 주었다 한다. 뒷날 퇴계는 "옛 성인들이 후배를 두려워하라고 했는데 율곡이야말로 두려운 재주를 가진 선비다."라며 율곡을 극구 칭찬하였다.

(2011. 3.)

29 숲속 정자에

숲속 정자에 가을이 이미 깊었으니
나그네 시정(詩情)은 그지없어라
멀리 보이는 물은 하늘에 닿아 푸르고
서리 맞은 단풍잎은 햇빛에 붉다
……
변방 기러기는 어디로 가나?
저무는 구름 속으로 울음소리 끊기네
(林亭秋已晚 …… 聲斷暮雲中)

위는 율곡이 8세 때 임진강변 화석정(花石亭)에 올라 지은 한시(漢詩)로 알려져 있다. 13세에 진사 시험에 합격하고 평생 동안 아홉 번을 장원급제하여 구도장원공(九度壯元公)이라는 별명을 얻은 천하 수재의 면모를 엿볼 수 있다.

율곡 이야기가 나오면 자주 따라붙는 말이 하나 있다. 10만 양병설이다. 10만 양병설이란 임진왜란이 일어나기 전 율곡이 10만 군사를 길러서 국방을 대비해야 한다고 주장했으나 서애 유성룡이 반대하여 뜻을 이루지 못하고 그 결과 임진왜란을 불러 일으켰다는 것이다. 역사학자도 아닌 내가 이것을 '사실이다' '아니다'를 얘기할 자격도 없으니 여러 역사학자들이 쓴 글에 의거해 미루어 짐작하는 수밖에 없다. 의견들을 종합해 보면 10만 양병설을 주장했다는 것은 아무 근거가 없는 허무맹랑한 소리였다는 것이다. 역사 드라마 각본을 많이 쓰는 신봉승 님의 말을 몇 마디 빌려보자.

　율곡의 〈10만 양병설〉은 무려 400년 동안이나 사실인 것처럼 회자되면서 서애 유성룡은 판단력 부족으로 국난을 자초한 사람으로 폄하되었고… 율곡 이이의 〈10만 양병설〉은 그의 경륜과 정의로운 사회를 구현하기 위한 상소문의 제안까지를 총망라한 〈율곡전서〉에도 나오지 않거니와… 다만 율곡의 제자 이정구가 스승의 행장을 쓴 비문에 쓴 것이 사실로 회자되어….

　율곡은 파당분쟁을 몹시 걱정하고 이를 없애기 위해 노력하였다. 당시 정계는 퇴계 이황과 남명 조식의 학문을 따르는 경상도 중심의 동인과 율곡 이이와 우계 성혼의 학문을 따르는 서인으로 나뉘어져 반목과 대립이 심하였다. 그러나 율곡은 서로의 반목을 없애기 위해 많은 노력을 기울였다. 서인의 영수로서 동인을 공격하는데 쉴 틈이 없었던 송강 정철과는 좋은 대조가 된다.
　황윤길과 김성일이 서로 다른 일본의 동태를 보고한 지 1년쯤 지난 선조 25년(1592) 4월13일 일본은 16만 병력, 400여 척의 군선으로 부산 앞바다에 나타났다. 임진왜란이 일어난 것이다. 부산, 동래를 순식간에 점령한 왜군은 파죽지세로 한양으로 진격해 왔다. 4월27일에는 8천 조선군을 전멸시키고 나는듯이 행군한 왜군은 5월3일, 조선을 침략한지 한 달도 못되어 한양에 입성하였다. 왜군이 북상하는 동안 아무런 제지도 받지 않았다는 말이다.

선조는 유성룡을 도(都) 제찰사로, 신립을 삼도순변사로 삼았다. 유성룡이 난리 후에 쓴 〈징비록〉에는 "신립이 대궐밖에 나가서 직접 무사를 모집했으나 따라 나서는 사람들이 없었다"라고 적혀있다. 양반들은 군역에서 제외되고, 일반 백성들만 군역의 의무가 있는 나라에서 그 나라를 위해 자기 목숨을 위태롭게 만들 사람이 과연 몇이나 되겠는가.

사가(史家)들은 왜군이 쳐 올라오자 나라를 제일 먼저 포기한 사람은 다름 아닌 선조라고 입을 모은다. 선조는 압록강을 건너 중국으로 도망칠 생각뿐이었으나 유성룡, 기자헌 등 신하들의 간곡한 반대와 선조가 중국 요동에 오면 빈 관아에 유폐하려 한다는 비밀 정보를 입수하자 중국으로 피난 갈 생각을 포기하였다고 한다.

조선이 16만이나 되는 왜군을 어떻게 대항해 견딜 수 있었을까? 사가들은 다음 세 가지 이유, 즉 의병의 봉기, 이순신을 위시한 수군(水軍)의 승리, 명(明)나라의 원군을 꼽는다.

이순신은 한산도 대첩을 비롯해서 일본 해군과 싸워 연전연승을 했고, 이로 인해 호남의 곡창지대가 무사해졌다. 이에 발맞추어 육지에서는 남명 조식의 제자들, 즉 곽재우, 고경명, 정인홍 등이 의병을 일으켜 죽기 살기로 왜군과 싸웠다. 한편 더 많은 국민적 지지를 끌어내가 위해 유성룡은 천한 사람들도 전쟁에 나가서 공을 세우면 천인 신분을 면해준다는 면천법(免賤法)을 제의 명문화하였다. 임진왜란 때 서울에 입성한 소서행장의 기록에 왜군이 한강을 건너기 전에 이미 궁궐이 불타서 하늘이 붉더라는 기록이 있는 것을 보면 노비들의 문서를 보관하는 궁궐 안 건물에 불을 지른 것은 왜군이 아니라 우리

나라 백성들이었다는 것. 신분사회에 묶여 옴쭉 달싹 못하고 있던 그들에게 전장에 나가서 공을 세우면 천민도 양반이 될 수 있다는 면천법(免賤法)이야말로 얼마나 달콤한 말로 들렸겠는가. 또 한 가지 민심을 돌리기 위해 유성룡이 제안, 실시한 것은 작미법(作米法)이었다. 작미법은 지금까지 가난한 사람이 도리어 세금을 부자보다 더 많이 냈던 폐단을 없애고 땅을 많이 가진 사람은 적게 가진 사람보다도 더 많이 내자는 합리적인 제도이다. 그러나 면천법과 작미법은 전쟁이 끝나고 무효화되고 말았다. 국민과 약속을 지키지 않은 것, 다시 말하면 대국민 사기극은 어제 오늘 생긴 일이 아니다. 옛날부터 오늘까지 무능한 정권에는 자주 있었던 것을 알 수 있다.

　달이 뚜렷하게 벽공(碧空)에 걸렸으니
　만고풍상에 떠러젼 즉 하다마는
　지금의 취객을 위해 장조금준(長照金樽) 하노메

※**해설** : 달이 뚜렷하게 푸른 하늘에 걸렸으니 저 달은 오랜 세월 비바람에 시달렸으니 떨어질 만도 하다마는 지금의 술에 취한 사람을 위해 술통을 비워주도록 오랫동안 비추어 주는구나.

　위 시조의 작가는 한음(漢陰) 이덕형이다. 오성 이항복과 어릴 때 친구로 죽을 때까지 절친한 친구였다. 그 둘 사이에 많은 어릴 때의 일화가 있다. 20세에 문과에 급제, 31세에 대제학에 올랐다.
　한음은 임진왜란이 일어나자 명나라를 왕래하며 구원병 교섭을 하였다. 그의 외교 덕분에 명은 임진년에 이여송을 총사령관으로 4만의

병력을 보내와서 이들이 평양성을 탈환했다. 기세등등한 이여송은 왜군을 경기도 벽제까지 추격했으나 왜군의 반격을 받아 대패하여 개성으로 후퇴하였다. 이 때 왜군에게 결정적인 타격을 준 사람은 이항복 대감의 사위인 권율 장군이다.

(2011. 3.)

30 춘산에 불이 나니

　면천법(免賤法)과 작미법(作米法)으로 백성들의 참전 열의가 높아 가고, 명나라 원군의 참여, 이순신이 해전에서 연전연승을 거두게 되자 왜군의 화력은 날로 줄어들었다. 때마침 풍신수길의 갑작스런 죽음으로 왜군은 조선에서 철수하지 않을 수 없었다. 6년 만에 임진왜란이 끝난 것이다. 전쟁이 끝나자 조정의 마음은 "내가 언제 그런 약속을 했냐?"는 듯이 면천법도, 작미법도 무효화시키고 옛날 제자리로 돌아갔다. 속은 것은 백성들이었다.

　전쟁이 멈출 무렵 조정에서는 육전에서 혁혁한 공을 세운 김덕령 장군과 해전에서 혁혁한 전공을 세운 이순신을 제거하려는 음모가 진행되고 있었다. 먼저 육전의 영웅 김덕령의 시조.

　춘산에 불이 나니 못다 핀 꽃 다 붙는다
　저 뫼 저 불은 끌 물이나 있거니와
　이 몸에 내 없는 불이 나니 끌 물 없어 하노라

※**해설** : 봄 산에 불이 나서 미처 피지도 못한 꽃도 다 타는데 이 내 마음속에 연기도 없이 불이 나니 불을 끌 물조차 없다는 탄식이다.

위의 시조는 임진왜란 때 '조선의 조자룡'으로 불리던 김덕령 장군의 노래다. 그는 왜군들이 몹시 겁을 집어먹는 의병장이었으나 이몽학의 모반에 연루되어 심한 고문 끝에 억울하게 죽었다. 이몽학의 난은 임진왜란 뒤 이몽학이 불만에 찬 농민들을 선동하여 충청도 일대에서 일으킨 반란이다. 그는 왕족의 서얼 출신으로 아버지에게 쫓겨나 충청, 전라도 지역을 돌아다녔다. 한때 세가 제법 컸으나 그의 부하에 의해 살해되었다. 선조는 이 일로 의병장들을 의심하기 시작했고 이순신 등 공훈이 많은 장수들을 의심하기 시작했다.

조선 때 정적(政敵)을 가장 빨리 확실하게 제거하는 방법은 모반에 연관시키는 것이었다. 이 버릇은 해방이 되고 대한민국 민주정부가 들어서고 나서는 빨갱이 혹은 좌파로 몰아넣는 것으로 대치되었다. 조봉암을 비롯하여 인혁당 사건 등 얼마나 많은 사람들이 빨갱이라는 누명을 쓰고 억울하게 죽어 갔던가.

김덕령은 본관이 광산으로 우계(牛溪) 성혼 밑에서 가르침을 받았다. 임진왜란이 일어나자 망우당(忘憂堂) 곽재우와 함께 경상도를 방어하였다. 왜란이 끝나고는 할 일이 별로 없어 술을 많이 마시고 군율을 너무 엄하게 지키다 문제가 된 적도 있었다. 〈삼국지〉에 나오는 장비도 부하 병졸을 너무 엄하게 다스리다 앙심을 먹은 부하에게 살해된 이야기가 생각난다.

한산섬 달 밝은 밤에 수루에 혼자 앉아
큰칼 옆에 차고 깊은 시름 하는 적에
어디서 일성호가(一聲胡笳)는 나의 애를 끊나니

해전의 신(神) 이순신도 당쟁의 쓰나미에서는 안전할 수 없었다. 이즈음에는 김을돌, 박칠삼이 아니라 동인 김을돌, 서인 박칠삼이라고 이름 앞에 동인이니 서인이니 하는 소속당파를 붙여 부르는 것이 당시 혼미한 정국을 이해하는 지름길이었다. 서인들의 눈에는 이순신을 추천한 유성룡은 물론이고 혁혁한 전공을 올린 이순신도 눈에 가시로 보였다. 동인이고 서인이고 이들 눈에는 자기가 속한 당(黨)이 중요하지 나라가 중요한 것은 아니다. 사학자 이덕일 교수의 역사평설을 인용해 보자.

"···선조와 서인들은 이순신 제거의 기회로 삼았다. 선조는 이순신을 결코 용서할 수 없다. 무신이 조선을 가볍게 여기는 습성은 다스리지 않을 수 없다면서 이순신을 압송해 형문하게 하고 원균에게 삼도수군통제사를 대신하게 했다."

이순신은 역적죄, 국가반역죄, 남(원균)을 함정에 빠뜨린 죄를 저질렀다면서 마땅히 죽어야 한다고 하였다. 27일 동안 혹독한 고문을 받던(김덕령 장군은 이런 고문으로 죽었다) 이순신은 유성룡과 정탁 등의 도움으로 겨우 목숨을 건지고 백의종군에 처해졌다. 이순신을 대신한 원균은 한산도와 칠천량에서 대패하고 그도 전사했다.

선조는 할 수 없이 이순신을 다시 삼도수군통제사로 삼았는데 이때 이순신은 "신(臣)에게는 아직도 12척의 전선이 있으니 사력을 다해 싸우면 적의 진격을 저지할 수 있습니다··· 설령 전선수가 적다해도 미천한 신하가 아직 죽지 않았으니 적이 감히 모멸하지는 못할 것입니다…"하는 유명한 눈물의 장계(狀啓)를 올렸다고 한다. 이 이야기에서 촉나라 때 위(魏)를 정벌하기 위해 후주 유선에게 올린 제갈공명의 출사표(出師表)에 못지않은 이순신의 우국충절과 충의절개를 엿볼 수 있다.

난리가 끝나고 선조 37년 왜란 때 공을 세운 녹권을 보면 유성룡은 1등 공신이 아니라 2등 공신에 책봉되었고, 이순신은 아예 공신녹권에 이름도 올라가지 않았다. 선조와 서인들이 얼마나 이순신을 미워했는지 알 수 있다.

(2011. 3.)

31 철령 높은 봉에

철령 높은 봉에 쉬어 넘는 저 구름아
고신원루(孤臣寃淚)를 비삼아 띄어다가
임 계신 구중심처(九重深處)에 뿌려본들 어떠리

※**해설** : 철령 높은 봉우리를 쉬었다 넘어가는 저 구름아. 이 외로운 신하
의 원통한 눈물을 비 대신으로 띄어다가 임금님이 계신 대궐 안에 뿌려
보는 것이 어떻겠는가?

　위의 노래는 광해군 때 인목대비 폐모론(廢母論)에 극구 반대하여
여러 차례 상소를 올리다가 임금의 미움을 사서 오히려 유배를 가게
된 백사(白沙) 이항복이 유배 길에서 지은 노래로 알려져 있다. 유배
지인 북청으로 갈 때에 금화, 금성을 거쳐 철령 고개를 넘으며 이 노래
를 지었다한다. 노래가 나오게 된 배경에 대한 설명은 무척 길다.
　명종은 후사를 이을 사람을 정하지 못하고 33세 나이에 죽었다.
그래서 대신들은 명종의 부인 인순왕후께 후사를 정해 달라고 요청하
여 낙착된 사람이 덕흥군의 셋째 아들, 후일의 선조였다. 그러니 선
조는 정상적인 환경에서는 왕위에 오를 가망이 없던 사람이었다. 선

조는 본 부인에게서는 아이가 없고, 6명의 후궁에서만 왕자 13명이 있었는데 이 13명 중에서 누가 선조의 뒤를 이을 것인가는 아무도 몰랐다. 이같이 각기 다른 어머니 뱃속에서 나온 왕자들이 자리다툼을 할 판이었다. 맏아들 임해군은 성질이 난폭하고 과격해서 대신들의 지지를 못 받았다.

세월이 흘러 임진왜란이 일어나고 선조는 평양으로 의주로 피난다니기에 바빠서 마음에 썩 내키지는 않았지마는 광해군을 임금 자리에 앉히는 것으로 내정하였다. 그런데 정유재란이 끝난 후 본부인 박씨가 죽고 당시 51세가 된 선조는 김계남의 19세 난 딸을 왕비로 맞아 재혼을 했으니 이 이가 인목대비이다. 그리고 4년 후에 떡두꺼비 같은 아들을 하나 낳았으니 이 아이가 바로 영창대군이다. 조정은 정비 소생 영창대군 지지파와 후궁 소생 광해군을 지지하는 파로 갈리어 왕위를 두고 다투게 되었다.

2살 난 갓난애에게 왕위를 물려주고, 34세의 세자를 까뭉갤 수는 없는 법. 선조는 속으로는 영창대군에게 왕위를 물려주고 싶었으나 광해군에게 왕위를 물려주지 않을 수 없었다. 그러나 영창대군을 지지하던 영의정 유영경 등 소북세력은 이에 격렬히 반대하였다.

겹겹이 쌓인 음모, 모략, 중상을 이기고 천신만고 끝에 왕위에 오른 광해군. 그러나 그는 그가 살아남기 위해서 자기의 형 임해군을 제거해야했다. 처음에는 임해군을 가택연금만 허락했으나 임해군이 여자로 변장하고 도망을 가다가 발각되는 일이 생기자 광해군은 임해군을 처형하지 않으면 안 될 처지에 놓이게 되었다.

광해군의 두통은 어린 영창대군이었다. 영창대군의 외할아버지 김제남은 광해군이 이미 왕위에 올랐음에도 왕좌에 대한 미련을 버리지 못하고 영창을 지지했다. 여기서 한 가지 성급히 말해두고 싶은 것은 광해군, 영창대군, 인목대비 등 소위 살제폐모(殺弟廢母 : 동생을 죽이고 어머니를 폐함) 사건에 대해 읽을 때는 글을 쓴 사람이 애당초 어느 쪽 입장에서 쓴 것인가를 분명히 알고 나서 읽는 게 좋다는 것이다. 광해군을 임금 자리에서 쫓아낸 측에서 쓴 글, 다시 말하면 인조반정 측, 사건의 승리자 측에서 쓴 글은 광해군을 천하의 몹쓸 놈으로, 그의 나쁜 점은 3배, 4배로 부풀려서 묘사되어있다는 것이다.

어쨌든 김제남도 사약을 받고 죽고, 영창대군도 강화도에서 증살(蒸殺)되었다. 드디어 광해군은 인목대비마저 폐위시켜야 할 단계에까지 왔다. 어머니를 부정한다는 것은 성리학의 조선사회에서는 있을 수 없는 일. 이항복, 기자헌 등 수많은 신하들은 폐모를 격렬히 반대하였다.

시조 뒤의 배경설명이 턱없이 길어졌다. 앞에 소개한 시조는 이항복이 폐모에 반대하다가 귀양을 가면서 노래로 전한다. 형을 죽이고 어머니를 폐한 패륜행위는 서인들에게 광해군을 몰아내는 큰 명분을 주었다. 광해군 15년 서인들이 광해군의 조카뻘인 능양군을 추대하는 인조반정을 일으킨 것이다.

시절도 저러하니 인사(人事)도 이러하다
이러하거니 어이 저러 아니하리
이렇다 저렇다 하니 한숨 겨워 하노라

※**해설** : 세월이 저렇게 어수선하니 인간사도 이렇게 어수선하구나. 인간사 이렇게 어수선하니 세상사 저렇게 어수선하지 않을 수 있으랴. 모든 일

이 다 뒤숭숭하고 어수선하기만 하니 나오는 것은 한숨밖에 없다는 이항복의 노래다.

임진왜란은 1592년에 일어나서 1598년에 끝났으니 6년 세월이 얼마나 어수선, 뒤죽박죽이었겠는가. 이 북새통에 당쟁의 불씨는 꺼지기 보다는 더 맹렬해지고 있으니 백사에게 남은 것은 한숨이요 탄식 말고 무엇이 더 있었겠는가?

이항복이 인목대비 일로 귀양 갈 때에 지은 한시(漢詩) 한 수가 전해온다.

밝은 해 그늘져 대낮에도 희미하고
북풍은 나그네 옷 찢을 듯 불어댄다
요동땅 성곽이야 그대로 있겠지만
떠나간 정령위 안 돌아옴 근심하네
(白日陰陰晝晦微… 只恐令威去不歸)

대낮인데도 어두운 백일은 간신배들이 임금의 판단을 어리석게 했다는 비유다. 정령위는 중국 요동 사람으로 신선술을 배워 신선이 되어 어디론가 떠났다. 800년 만에 한 마리의 학이 되어 돌아와 옛 살던 데를 돌아보니 무덤만 즐비할 뿐 들판에 부는 바람소리뿐이었다. 허망하고 처량해서 길게 목을 빼어 한 번 울고는 떠나 다시 돌아오지 않았다. 그때 그 학이 울었다는 성곽의 자취는 그대로 있건만 한 번 간 정령위는 돌아오지 않는다는 것. 이항복은 귀양 가서 얼마 안 가서 거기서 죽었다.

(2011.)

청상과부 빈 방 지키기

광해군을 쫓아내고 왕위에 오른 능양군 인조는 어떤 사람인가? 왜 광해군은 능양군이 쿠데타를 일으킬 것에 대비하지 않았을까? 사가들은 다음을 이유의 하나로 든다. 즉 인조의 아버지 정원군은 당시 백성들에게 해(害)만 끼치고 다니는 악동(惡童)중 악동이었다. 그는 남의 처첩을 건드리고 남의 노비나 재산을 강제로 빼앗아가는가 하면 막대한 금품을 가로채는 황야의 무법자였다.

사헌부 의금부에서 여러 번 조사를 벌였으나 당시 임금인 선조는 늘 수사를 지연시키거나 방해하였다. 본래 제 식구 감싸고 도는 데는 따라 갈 사람이 없는 선조였음에야—.

어느 사가에 의하면 인조반정 후 서인들이 쓴 〈광해군일기〉(왕의 치세를 적은 것은 '실록'이라 하고, 왕위에서 쫓겨난 임금, 이를테면 연산군이나 광해군은 '실록'이란 말 대신 '일기'라고 부른다.)는 정원군에 대해 "어려서부터 외모가 우뚝하고 천성과 우애가 있었다."며 입에 침이 마르도록 칭찬을 했다 한다. 당에 소속되면 우선 눈과 귀가 멀어지는 모양이다.

이처럼 정원군은 조야에서 버림받은 사람이기 때문에 광해군은 이 개차반 망나니의 아들 능양군이 설마 쿠데타를 일으킬 것이라고는 상상도 못한 것이라 한다. 인조반정이 일어난 시시콜콜한 과정에 대해서는 생략한다. 인조반정에 성공하고 나서도 광해군을 복위시키려는 시도는 끊이지 않았다. 그중 하나가 우리가 고등학교 고문시간에 읽어 보지는 않고 '이런 책이 있다'정도로 시험에만 필요한 지식 〈어우야담〉을 쓴 어우(於于) 유몽인이다. 유몽인 부자는 광해군이 쫓겨났다는 말을 듣고 군사를 일으키려했다. 나중에 붙잡힌 유몽인은 고문을 받지 않고 자기가 생각하던 것을 씩씩하게 내놓아 쿠데타는 역적 행위였다고 주장하며 기꺼이 사형에 임하였다. 유몽인이 남긴 한글 시조를 찾다가 그가 지은 한시(漢詩) 몇 수가 눈에 띄어 그 중 한 수를 옮겨본다.

청상과부 빈 방 지켜 칠십토록 늙었거늘
꽃 같은 남자있다 시집가라 권하건만
백발에 연지분 당장 낯 뜨거워 어이리
(七十老孀婦… 寧不愧脂粉)

위의 시에서 유몽인은 자기는 광해군 신하로서 인조는 섬기지 않겠다는 열녀불경이부(烈女不更二夫)의 정조에 빗댄 풍자시이다.

인조반정은 성공했으나 백성들의 환영은 받지 못했다. 광해군은 서인에게는 몰라도 백성들에게는 그리 나쁜 임금은 아니었기 때문에 쿠데타에 대한 지지가 그리 높지 않았다. 이 때 서인이 내놓은 해결책은 남인이요 백성들의 존경을 받는 오리(梧里) 이원익을 영의정 자리에 앉히는 것이었다. 서인이 남인을 영입한 것은 그만큼 인조반정에 대한 백성들의 지지가 미지근할 정도였음을 말한다.

광해군 복위 운동은 아니지만 인조반정 후에 1년이 못되어 일어난 이괄의 난을 설명해야겠다. 이괄은 퍽 유능한 무인이었다. 당시 변방 수비 총책임을 맡았던 사람은 도원수 장만이었는데 총 군사 1만5천 명 중 1만 명은 이괄 아래, 나머지 5천명은 장만 지휘아래 평양에 주둔하고 있었다. 중앙정치 무대의 서인들은 북인 세력과 가깝게 지내는 이괄이 변방에서 1만 명의 군사를 거느리고 있다는 것을 이용해서 그를 제거할 음모를 꾸몄다. 물론 가장 쉬운 방법은 이괄이 역적모의를 한다는 소문을 퍼뜨리는 것이다. 정부에서 이괄을 체포하려하자 이판사판 이괄은 군사를 일으키지 않을 수 없게 되었다. 이괄은 서울을 점령하고 인조는 공주로 피난을 갔다. 그러나 장만, 이괄의 절친한 친구 정충신 등이 이끄는 대군에 대패하여 부하에게 죽임을 당하였다.

이괄에게 패배를 안겨준 도원수 장만이 쓴 시조 한 수.

풍파에 놀란 사공 배 팔아 말[馬]을 사니
구절양장(九折羊腸)이 물 도곤 어려웨라
이후랄 배도 말[馬]도 말고 밭 갈기나 하여라

※**해설** : 풍파에 혼이 난 사공이 배를 팔아 말을 사니, 양의 창자같이 꾸불꾸불한 산길은 물길보다 더 어렵구나. 이 뒤에는 배도, 말도 그만두고 밭이나 갈며 살아가겠다.

(2011. 3.)

33 이화우 흩뿌릴제

이화우 흩뿌릴제 울며 잡고 이별한 님
추풍낙엽에 저도 나를 생각는지
천리에 외로운 꿈만 오락가락 하노메

※**해설** : 배꽃이 가랑비 내리듯 흩날리는 날에 울며불며 이별한 님이여, 가
　　을바람 불고 나뭇잎은 떨어지는데 그대도 나를 생각하는지. 천리에 외로
　　운 꿈만 오락가락 하네요.

　위의 시조작가는 기녀 매창이다. 매창은 선조 때의 시기(詩妓)로
전라북도 부안에서 태어났다. 기적에 올린 다음에는 기명(妓名)을 계
생, 시명(詩名)은 매창으로 했다한다. 매창의 어머니는 매창을 낳을
때 산고로 죽었고, 그가 12살 되던 해에 아버지마저 죽었다. 고아가
된 매창을 불쌍히 여긴 부안 현감이 그를 기적(妓籍)에 올려주면서
관아에서 잔심부름을 시켰다. 일찍이 아버지로부터 거문고를 배워
명석한 두뇌에 시문과 음률 모두에 재능을 보인 매창에 반한 현감은
14살 난 매창을 수청(守廳)들게 하고는 기다리라는 말 한마디를 남겨
놓고 서울로 떠나버렸다.

현감으로부터 무소식으로 아픔이 거의 아물어 갈 무렵 서울에서 내려온 천하의 풍류객 유희경을 만나 깊은 사랑에 빠진다. 두 사람이 서로 비슷한 풍류와 취향을 가졌으니 그야말로 심기 상통한 한 쌍을 이루었음은 말할 필요도 없다. 그러나 뜻밖에 임진왜란이 터지자 유희경은 의병을 모집하러 서울로 떠나버렸다. 물론 기다리라는 말 한마디를 남겨놓고—. 그러나 돌아온다던 유희경으로부터도 소식이 없자 기다림의 정한(情恨)을 앞에 소개한 "이화우 흩뿌릴 제…"의 42글자를 읊었다. 우리나라에서 1980년대에 가요계를 주름잡던 가희(歌姬) 패티 김이 부른 노래 "어쩌다 생각이 나겠지 냉정한 사람이지만/ 그렇게 사랑했던 기억을 잊을 수는 없을 거야/ … "의 〈이별〉이란 노래 생각이 난다.

서울로 간 유희경은 가끔 그리움 넘치는 사연을 보냈다. 이번에는 한글시조가 아니라 한시(漢詩)다.

> 그대의 집은 파도소리 들리는 곳이고
> 내 집은 서울에 있네
> 서로 그리워하면서도 만나질 못하니
> 애간장은 타는데 오동나무엔 비만 내리네
> (娘家在浪州… 斷腸梧桐雨)

유희경이 서울로 떠나고 지루하고 답답한 하루하루를 보내고 있을 무렵 서울에서 소설 〈홍길동전〉을 쓴 당대의 문장가 허균이 부안에 오자 매창은 또 한 번 '사랑의 노예'가 되고 말았다. 그러나 유희경에 대한 지조를 지켜 잠자리만은 꼭 다른 기생을 추천하였다고 한다.

그러나 허균과 가까이 지낸 일로 헛소문이 나돌자 실의에 빠진 매창은 다음과 같은 한시(漢詩) 한 수를 지었다.

부질없는 풍문이 세상에 떠돌아
세상의 말들이 시끄러워라
공연한 걱정과 원망만 쌓여
병을 핑계 삼아 문을 닫았네
(誤被浮虛說… 抱病掩柴門)

교산(蛟山) 허균은 조선 중기의 문인으로 어려서는 신동으로 불릴 만큼 재주가 뛰어났으며 커서는 시(詩)와 문장을 따를 이가 없었다. 당시로서는 혁신적인 사랑, 즉 계급신분의 타파와 인재 등용, 핍박받는 계층을 대변하는 사상을 부르짖었다. 천인들과 술자리를 같이하고, 매창 같은 기생과 연애도 하고, 불교서적을 읽는 등의 자유분방한 행동을 서슴지 않았으니 당시 관리들의 행동규범으로 보면 경박하고 인륜도덕을 어지럽혔다는 나쁜 평을 많이 들었다. 세상은 아직 이 시대를 앞서가는 천재를 이해하지 못했다. 관직에 있으면 파직, 다시 복직, 파직하기를 모두 6,7번을 거듭했다. 나중에 역적모의를 했다는 죄로 공개 처형되었다.

북두성 기울어지고 경오점(更五點) 찾아간다
십주가기(十洲佳期)는 허랑타 하리로다
들어라 번우(煩友)한 님이니 세워 무삼하리오

※**해설** : 북두칠성도 이미 기울어지고 시간을 알리는 종소리도 여러 번 거듭되었으니 밤은 깊었구나. 신선들이 산다는 십주에서 사랑하는 임과 만나자는 약속은 믿지 못할 허랑한 말이었던가. 아, 여러 벗을 가진 임이니 질투를 해서 무슨 소용이 있겠는가.

위 시조의 작가는 다복이라는 기녀다.

이 시조 한 수 외에 작가에 대해서 전해오는 것이 없다. 여류 시인의 작품이라 여기 실었다.

(2011. 3.)

34 나무도 병이 드니

나무도 병이 드니 정자(亭子)라도 쉴 이 없다
호화(豪華)히 서신 때는 올이 갈이 다 쉬더니
잎 지고 가지 꺾인 후로는 새[鳥]도 아니 앉는다

※**해설** : 나무도 병이 드니 정자로도 쓰지 못하여 쉬었다 가는 사람도 없구
나. 무성하고 화려하게 서 있을 때는 오가는 사람들이 많더니 잎 떨어지
고 가지 꺾인 후에는 새들마저 와서 앉지 않는구나.

"나무도 늙으면 새[鳥]도 아니온다"는 말. 권력과 금력에 아부하는
민심의 추세는 옛날이나 지금이나 변함이 없다. 위의 노래는 정철이
지은 시조다. 정철의 호는 송강(松江), 본관은 연일(延日)이며 서울
에서 태어났다. 왕실과 인연을 맺은 두 누나 덕분에 어릴 때부터 대궐
에 드나들며 뒷날 명종이 될 왕자와 교분을 맺은 행운의 사나이. 그러
나 을사사화가 터지자 형도 매부도 사화에 죽고 아버지는 이곳저곳
유배를 다니게 되어 송강도 아버지 유배지를 따라 다녔다.
　26살 때 별시 문과에 장원급제한 송강은 몇 개의 벼슬을 거쳐 암행
어사로 관북지방을 나갔다. 이런 이야기가 전해 온다. 패기 있고 호

방하던 송강은 고을 군수와 총석정에 올라 술을 마시고 기생과 잠자리에 들었다. 다음날 아침 떠나기 전 송강은 기생에게 말했다. "내 10년 후에는 감사가 되어 다시 여기에 오리라." 그 말을 같잖게 들은 기생은 대번에 쏘아붙였다. "감사는 귀하고 높은 벼슬이니 찰방(察訪)이 더 얻기 쉽고 빨리 올 수 있소." 10년이 지나 감사가 된 송강은 다시 그곳을 찾아갔더니 그 기생이 여전히 그곳에 있었다. 그러자 송강은 자기와 기생의 늙음을 한탄하며 다음과 같은 노래 한 곡을 지었다.

십년 전의 약속이 감사냐 찰방이었는데
비록 내 말이 맞기는 했으나
모두가 귀 밑 털이 반백으로 세었네

어떤 사건에 연루되면 바로 그날부터 사람들 입에 오르내려 유명인사가 되는 현상은 오늘날에도 자주 있는 일. 박정희 정권 때 정인숙이란 여인이 그랬고, 노무현 정권 때 박연차라는 사람이 그랬다. 송강은 사헌부에 있을 때 어느 왕족이 처가의 재산을 뺏고, 처남을 죽인 사건이 있었다. 당시 왕이었던 명종은 송강에게 관대한 처벌을 부탁했으나 송강은 법을 공정하게 집행해 그를 사형에 처해 버렸다. 이 왕의 부탁을 거절한 그 이튿날로 송강의 이름이 세상 사람들의 입에 오르내리기 시작했다. 시쳇말로 뜨게 된 것이다. 이 사건의 처리를 보면 송강의 성품을 알 수 있다. 그의 강직하고 타협을 모르는 성품은 훗날 서인의 두목으로 정치 생활을 하는데 동인의 탄핵을 받은 것이 한 두 번이 아닌, 영어로 표현하면 롤러 코스터(roller coaster)를 타는 꼴의 인생살이였다.

쓴 나물 데운 물이 고기 도곤 맛이 있네
초옥(草屋) 좁은 줄이 귀더욱 내 분이라
다만당 님 그린 탓으로 시름겨워 하노라

※**해설** : 쓴 나물을 데운 국물이 고기보다 더 맛이 있네. 초가집 좁은 것이
되려 내 분수에 맞는구나. 다만 님(임금)이 그리운 탓으로 걱정을 못 이
기겠네.

위의 노래는 끈질기게 자기를 탄핵하는 동인들의 상소로 유배길에
올라 멀리 떨어져 불편하게 살면서도 임금을 잊지 못한다는 그리움을
노래한 것이다. 이렇게 끈질기게 유배를 가서도 "임금님, 사랑해요.
제가 필요하면 언제고 불러 주세요."하고 애교를 떠는 송강 같은 사
람에게 어찌 유배를 갔다고 사약을 내리겠는가. 그것이 송강이 평생
에 5,6번 파직되었다가도 복직을 거듭한 이유가 아니었겠는가.

임금과 백성 사이 하늘과 땅이로되
나의 설은 일을 다 알려고 하시거든
우린들 살찐 미나리를 혼자 어찌 먹으리

※**해설** : 임금님과 우리 백성 사이는 하늘과 땅 차이. 임금님은 내 서러운
일까지 다 알려고 하는 자상한 분인데 우리가 어찌 살찐 미나리를 (욕심
스럽게) 혼자 먹을 수 있겠는가.

미나리 몇 포기를 두고 임금 생각이 이처럼 간절한데 초코파이 10

개쯤이 생겼다면 어떤 일이 일어날까?

오늘도 다 새거다 호미 메고 가자스라

내 논 다 매거든 네 논 좀 매어주마

올 길에 뽕 따다가 누에 먹여 보자스라

※**해설** : 오늘도 날이 다 세었다. 호미 메고 논으로 가자. 내 논 김을 다 매면 네 논도 좀 매줄께. 오는 길에는 뽕잎을 따다가 누에를 먹여보자.

　　송강이 강원도 관찰사로 가 있을 때 백성들을 훈계, 교화하기 위해 20수에 가까운 훈민가(訓民歌)를 지었는데 그 중의 한 수이다. 서로 합심해서 농사를 잘 지으라는 훈계의 말씀.

(2011. 3.)

35 한 잔 먹세그려

한 잔 먹세그려, 또 한 잔 먹세그려.
꽃 꺾어 산(算) 놓고 무진무진 먹세그려.
이 몸 죽은 후면 지게 위에 거적 덮어 줄이어 매어가나
유소보장(流蘇寶帳)에 만인이 울어 예나
어욱새, 속새, 떡갈나무, 백양숲에 가기 곧 하면
누른 해 흰 달 가는 비 굵은 눈 소소리
바람 불제 뉘 한 잔 먹자할꼬.
하물며 무덤 위에 잔나비 휘파람 불 제 뉘우친들 어이리.

※**해설** : 한 잔 마십시다. 또 한 잔 마십시다. 꽃나무 가지 꺾어 술잔 수를
셈하면서 한없이 마십시다 그려. 이 몸이 죽으면 지게 위에 거적 덮어 꽁
꽁 졸라매어가나 호화롭게 꾸민 상여에 실려 만인이 울면서 따라가나 일
단 억새, 속새, 떡갈나무, 백양나무 우거진 숲에 가서 묻히고 나면 누런
해, 흰 달, 가랑비, 함박눈, 쓸만한 바람이 불적에 그 누가 한 잔 먹자고
할꼬? 하물며 무덤 위에서 잔나비가 슬피 울 때면 후회한들 어쩌리?

위의 시조는 우리 시조 사상 최초의 사설시조(辭說時調)로 불리는

송강의 장진주(將進酒)라는 작품이다. 부귀영화도 살았을 적 일, 죽고 나면 모든 것이 물거품이요 아침 이슬이니 후회 없이 술이나 실컷 마시자꾸나. 당나라 때 이백의 〈장진주〉를 모방한 시(詩)라 창의성을 의심하는 사람도 있으나 조선의 한시(漢詩) 대부분이 그와 비슷한 시구가 당(唐)이나 송(宋)시에서 발견될 수 있으니 문제는 시를 읽어서 얼마나 우리 정서에 와 닿느냐? 하는 것이다. 꽃가지를 꺾어 놓고 수를 셈하면서 즐기는 낭만과 호기로 시작되어 묘지에 가서 느끼는 으스스한 분위기는 폐허와 한 번 가면 되돌아오지 못하는 인생무상을 더욱 절실하게 묘사한다.

　남편 죽고 우는 눈물 두 젖에 내리 흘러
　젖 맛이 짜다하고 자식은 보채거든
　저 놈이 어내 안으로 계집되라 하난다

※**해설** : 남편이 죽어 우는 눈물이 두 젖에 흘러내려 젖 맛이 짜다하고 어
　린 자식은 보채는데 저 놈은 어떤 속으로 여자가 되라 하느냐.(여자만 이
　런 꼴을 당해야 되는데—.)

　내 말 고쳐 들어 너 없으면 못살려니
　머흔 일 궂은 일 널로 하여 다 낫거든
　이제야 남 괴려하여 옛 벗 알고 어떠리?

※**해설** : 내 말 다시 한 번 들어라. 네가 없으면 나는 못 사는 몸. 험한 일,
　궂은 일 네가 있음으로 다 낫게 되었는데 이제 와서 남의 사랑 받으려고

옛벗(술)을 끊지 않은들 어쩌리오(술을 끊을 수가 없구나).

송강은 어느 모로 보나 대 문장가이다. 그는 〈성산별곡〉〈관동별곡〉〈사미인곡〉〈속미인곡〉 등 주옥같은 작품 이외에도 넘쳐나는 그의 문학적 정력은 많은 다른 시조를 짓도록 만들었다. 예로 진옥이라는 기생과 어울렸다는 시조 한 수를 감상해 보자. 먼저 진옥이 송강에게 던진 추파.

철을 철이라커늘 섭철만 여겼더니
이제야 보아하니 정철(正鐵)이 분명하다
내게 골풀무 있으니 녹여볼까 하노라

※**해설** : 사람들이 '철아' '철아' 하기에 순수하지 않은 엉터리 섭철로만 생각했는데 이제 보니 진짜 쇠, 정철이 분명하구나. 내게 쇠를 녹이는 골풀무(여자의 성기)가 있으니 그것으로 정철을 한번 녹여볼까 한다.

이 뜨겁고 정제되지 않는 욕망을 거침없이 송강에게 쏟아놓는 여성 쪽의 용기도 용기려니와 재미있는 말로 엮어 낼 줄 아는 그의 문학적 재능도 일품이다. 이 노골적인 성(性)희롱에 가까운 유혹에 당대의 문호 송강의 맞장구 또한 걸작이다.

옥을 옥이라커늘 번옥(燔玉)만 여겼더니
이제야 보아커니 진옥이 적실하다
내게 살 송곳 있으니 뚫어볼까 하노라

※**해설** : 사람들이 '옥아' '옥아' 하길래 사람 손으로 만든 가짜 옥인 줄로만 여겼더니 이제 보니 진짜 옥이로구나. 나에게 살 송곳(남성의 성기)이 있으니 이것으로 진옥이를 뚫어볼까 하노라.

남녀의 춘정이 무르녹아 늦봄의 더위를 연상한다. 이쯤 되면 양반이고 쌍놈이고 정승이고 판서고 나발이고 없다. 모두 저리가라다. 처음 "철은 철이라커늘…."의 작자 진옥이는 평안북도 강계 기생인데 강계에 귀양을 온 송강을 정성껏 섬겨 그의 소실이 되었다 한다. 귀양을 간 사람이 이렇게 재주 있는 기녀의 정성어린 보살핌을 받았으니 그 귀양살이는 어떤 귀양살이 일까? 나도 진옥이와 술자리에 앉게 된다는 보장만 있다면 귀양을 한 번 가보고 싶다. 잘못하면 나 같은 둔재(鈍才)는 진옥이 손목도 한 번 잡아보기 전에 박살이 나서 쫓겨나게 되고 귀양살이만 죽도록 하다가 올 가능성도 없지 않겠지만—.

(2011. 3.)

36 건곤이 유의하여

조선 중기에 와서 시조 창작은 기하급수적으로 늘어갔다. 황진이의 "청산리 벽계수야…"나 충무공 이순신의 "한산섬 달 밝은 밤에…" 같이 작가가 누구인지 분명히 밝힌 시조가 대부분이나 시조의 작가이름을 밝히지 않는 무명씨(無名氏)의 시조도 여럿 나타났다. 몇 수만 소개해 보자.

건곤이 유의(有意)하여 남아를 내였더니
세월이 무정하여 이 몸이 늙어셰라
공명이 재천(在天)하니 슬퍼 무삼하리오

※**해설** : 하늘과 땅이 생각이 있어서 남자를 이 세상에 태어나게 했는데, 세월이 무정해서 벌써 이 몸이 늙었구나. 공명이란 것은 하늘에 달린 것이니 그것을 한탄할 수는 없는 것이다.

금오(金烏) 옥토(玉兔)들아 뉘 너를 쫓니관대
구만리 장천에 허위허위 다니는다
이후란 십리에 한 번씩 쉬엄쉬엄 너거라

※**해설** : 해야 달아 누가 너를 쫓아다니기에 그 아득히 넓은 하늘을 그렇게 빨리 빨리 다니느냐.(세월이 너무 빠르구나!) 이제부터는 10리에 한 번씩 쉬면서 가거라.

옛부터 해는 삼족오가 있다는 전설에서 금오(金烏)로, 달은 토끼가 있다는 전설에서 옥토(玉兎)라고 한다. 너무 서두르지 말고 쉬엄쉬엄 가자는 말이다.

북소리 들리는 절[寺]이 멀다 한들 얼마 멀리
청산지상(靑山之上)이요 백운지하(白雲之下)연마는
그곳에 백운이 자욱하니 아무덴줄 몰라라

※**해설** : 절이 멀다 하나 북소리가 들리는 절이 멀면 얼마나 멀까. 푸른 산 위에 흰 구름 두둥실 떠있는 그 아래 있겠지. 그러나 그곳에 흰 구름이 자욱하니 어딘 줄 모르겠네.

꿈아 어리척척한 꿈아 왔는 님을 보내는 것가
왔는 님 보내느니 잠든 날이아 깨워다오
이후일랑 님이 오시거든 님을 잡아두고 날 깨워다오

꿈을 매체로 하여 님에 대한 사랑과 그리움을 노래한 작품은 헤아릴 수 없을 만큼 많다. 대표적인 것으로 개성 기녀(妓女) 황진이가 한문으로 쓴 시를 소월의 스승 안서(岸曙) 김억이 우리말로 옮기고 김성태가 곡을 붙인 노래가 있다.

꿈길 밖에 길이 없어 꿈길로 가니
그 님은 나를 찾아 길 떠나셨네
이 뒤에는 밤마다 어긋나는 꿈
같이 떠나 노중(路中)에서 만나를 지고

화성 기생 명옥(明玉)의 작품이라고만 알려진 다음 노래도 꿈에서라도 자주자주 만나고 싶으니 꿈에서라도 자주 나타나 달라고 간청을한다.

꿈에 뵈는 님이 신의(信義) 없다 하건마는
탐탐히 그리울 제 꿈 아니면 어이보리
저 님아 꿈이라 말고 자주자주 보소서

※**해설** : 꿈에 보이는 님은 믿음과 의리가 없다고들 하지만 몹시 그리울 때는 꿈이 아니면 만날 수가 있겠는가. 님이여, 꿈에라도 좋으니 제발 자주 나타나소서.

꿈에 나타나달라고, 매일 밤 나타나보라. 그러면 또 '왜 꿈에만 나타나느냐 한 번 직접 와서 당신 온다고 해서 사둔 초코파이라도 같이 먹어보자.'며 졸라댈 것이 아닌가. 사랑의 욕심은 끝이 없는 것—.

닻 들자 배 떠나니 이제 가면 언제 오리
만경창파에 가는 듯 돌아오소
밤중만 지국총 소리에 애끊는 듯 하여라

※**해설** : 닻을 올리자마자 배가 떠나니 님이여 이제 가면 언제 오십니까. 넓은 바다 푸른 파도에 가는 길로 곧 돌아오소서. 한 밤중에 들려오는 노 젓는 소리에 나의 애를 끊는 듯하구나.

항구에서 님을 보내며 단장의 이별을 노래한 것으로 1937년에 가 희(歌姬) 장세정이 부른 〈연락선은 떠난다〉라는 제목의 대중가요가 생각난다.

쌍고동 울어 울어 연락선은 떠난다/ 잘 가소 잘 있소 눈물 젖은 손수건/ 진정코 당신만을 진정코 당신만을 사랑하는 까닭에/ 눈물을 흘리면서 떠나 갑니다. 아 울지를 마세요 울지를 말아요

요즈음 세상은 통신의 발달로 그리움이나 이별의 슬픔 같은 것은 거의 말살되다시피 했다. 보라, 어느 세계 어느 나라에 있든 비행기 를 타고 하루만 가면 그리운 님을 만나볼 수 있지 않는가. 공항이나 기차 정거장에 가봐도 눈물로 보내는 사람도 없고 반가움에 눈물로 맞는 사람도 드물다. 보고 싶으면 이 지구상 어디에 있든 비행기를 몇 시간만 타면 만나 볼 수 있으니 이웃 동네 마실 가는 정도로 생각 하는 판에 왜 눈물 흘려 촌스러움을 보이겠는가.

겨울날 따스한 볕을 님 계신데 비춰고자
봄 미나리 살진 맛을 님에게 드리고자
님이야 무엇이 없으리마는 내 못 잊어 하노라

모든 것을 아낌없이 바치겠다는 순수한 사랑, 그야말로 일편단심 민들레다. 그러나 이 그리움도 상대가 여기 없을 때 그렇단 말이지 실제로 그처럼 그리워하던 님이 늘 옆에 있다면 때론 싫증나고 짜증 미움도 생길 때가 많지 않겠는가.

그래서 그럴까, 영어 속담에 "Absence grows your heart fonder."(없으면 애정은 더 커진다)도 있고 "Out of sight, out of mind."(눈에 안보이면 잊어버린다)의 정반대가 되는 속담이 나란히 있는 것을 볼 수 있다.

(2011. 3.)

37 그려 살지 말고

그려 살지 말고 차라리 쇠여져서
월명공산(月明空山)의 두견새 넋이 되어
밤중만 살아져 우리 님의 귀에 들리리라

※**해설** : 애타게 그리워하며 살지 말고 차라리 죽어서 달 밝은 빈 산속의 두
견새 넋이 되어 밤중에만 피나게 울어 님의 귀에 들리게 하리라.

죽어서 두견새가 되어 밤새도록 울어대겠다는 등의 극한 용어를
서슴지 않는 어느 무명작가의 시조다. 이런 사람을 연인으로 둔다면
나는 몹시 겁이 나거나 성가실 것 같다. 이런 상황을 생각해 보라.
이런 연인들은 내가 화창한 봄날 화사한 봄옷으로 갈아입고 길을 활
보하는 숙녀들의 모습만 바라봐도 "왜 다른 여자를 그렇게 유심히
보느냐?" "내가 싫으냐" 등 귀찮게 굴고 "너 때문에 밤에 잠을 설쳐
수면제를 먹는다." 등 소란을 필 것이니 이 모두가 나를 묶어두는
구속행위가 아닌가. 두견새 여인은 절대로 싫다.
어법으로 보아 황진이 같은 기녀(妓女)들이 시조를 본격적으로 쓰
기 전에 나온 작품이라는 생각이 든다. 그렇다면 단순한 남녀 관계가
아닌 군신(君臣)관계로 봐도 되는 시조다.

두꺼비 파리를 물고 두엄 위에 달려 올라가

건너 산 바라보니 백송골 떠 있거늘

가슴이 금즉하여 펄쩍 뛰어 내닫다가

두엄 아래 자빠지고 모처럼 날랜 나였으니 망정이지 멍이 들뻔 하였구나

※**해설** : 두꺼비가 파리 한 마리를 물고 퇴비 위에 뛰어 올라 앉아서 건너편 산을 바라보니 흰 송골매 한 마리가 공중에 떠 있음으로 가슴이 섬뜩하여 펄쩍 뛰어내리다가 쌓아놓은 퇴비 아래로 나자빠졌겠다. 날랜 나였으니 망정이지 멍들 뻔 했구나.

위의 시조는 못난 놈이 잘난 체 하는 것에 대한 풍자이다. 조선 중기부터 위에서 보듯 엇시조가 가끔 눈에 띈다. 엇시조란 초·중·장 가운데 어느 한 구절이 약간 길어진 시조로 중형(中形)시조라고도 한다. 명확한 구별이 있는 것은 아니나 사설시조는 3장 가운데 2구절 이상이 상당히 길어져서 가사나 잡가와 비슷해진 시조로 장형(長形) 시조라고도 한다.

어쨌든 엇시조든 사설시조든 딱딱한 평시조의 형식을 벗어나서 좀 더 자유분방하고 글자 수에 제한을 받지 않으려는 노력으로 보면 된다. 이번에는 사설시조 한 수를 더 더듬어 보자.

개를 여남은이나 기르되 요 개같이 얄미우랴

미운님 오면은 꼬리를 홰홰치며 집뛰락 내리뛰락 반겨서 내닫고

고운 님 오면은 뒷발을 바둥바둥 므르락 나으락 캥캥 짖어서 돌아가

게 한다
쉰밥이 그릇그릇 묵은들 너 먹일 줄이 있으랴

※**해설** : 개를 열 마리 넘게 기르고 있지만 요 개마냥 얄미운 개가 있을까.
미운님 오시면 꼬리를 홰홰치며 올라 뛰라 내려 뛰라 반가와 하며 앞으
로 내닫고, 고운님 오시면 뒷발을 버둥버둥 앞으로 갔다 뒤로 갔다 하면
서 캥캥 짖어 대서 그 님을 돌아가게 만든다. 아무리 쉰밥이 그릇그릇 묵
는다한들 너를 먹일 줄 아니?

　위의 작자 미상 : 시조의 작가는 아마도 여러 남자를 상대해야 하는
기녀일 것이라는 생각이 든다. 퍽 해학적으로 여성 심리를 잘 나타내
었다. 그야말로 위트(wit)가 넘쳐흐르는 시조다.

　귀뚜라미 저 귀뚜라미 어여쁘다 저 귀뚜라미
　지는 달 새는 밤에 긴 소리 짧은 소리 마디마디 슬픈 소리
　제 혼자 얼어내 사창(紗窓) 여읜 잠을 살뜰히 깨우누나
　두어라 제 비록 미물이나 무인동방(無人洞房)의 내 뜻 알 이는 너뿐
　인가 하노라

※**해설** : 귀뚜라미 저 귀뚜라미 가련하다 저 귀뚜라미여. 지는 달 새는 밤
에 긴 소리 짜는 소리 마디 마디 슬픈 소리를 내며 제 혼자 울어서 내 사
창 들지도 못한 잠을 그렇게 꼭 깨워놓고 마는구나. 제 비록 한낱 미물에
지나지 않지만 아무도 없는 빈방에 혼자 자는 이내 마음을 알아 줄 이는
너뿐인가 싶다.

(2011. 3.)

38 어젯밤 비 온 뒤에

어젯밤 비 온 뒤에 석류꽃이 다 피었다
부용당반(芙蓉塘畔)에 수정렴을 걸어두고
늘 향한 깊은 시름을 못내 풀려 하느뇨

※**해설** : 어젯밤 비가 오더니 석류꽃이 활짝 피었네. 연꽃이 피는 연못 언덕에 수정발을 걷어 올리고 누구를 향한 그 간절한 그리움을 풀어 볼까?

언뜻 보면 석류꽃, 연꽃에다가 특정인이 지정되지 않은 그리움으로 보아 화류계 여인의 작품같이 보이나 기실 작가는 조선 중기의 문신 상촌(象村) 신흠이다. 상촌은 약관도 되기 전에 별시 문과에 급제한 수재였으나 그의 외숙이 율곡(栗谷) 이이를 혹평하는 것을 보고 "이이는 사람에서 큰 존경을 받는 대 학자인데 중[僧]이라고 한 표현은 지나치다."고 한 말 한마디로 당시 집권을 하고 있던 동인들의 눈 밖에 나서 과거 합격자에 상응하는 직위를 받지 못했다. 선조로부터 영창대군을 보살피라는 소위 유교칠신(遺敎七臣)이었으나 뒷날 광해군이 왕위에 오르자 대북파에 의해 파직, 인조반정이 성공하자 다시 복직, 이조 판서 및 우의정에 올랐다.

상촌은 당대를 휩쓸던 문장가요 한 학자로 이정구, 장유, 이식과 함께 조선조 한학 4대가의 하나로 알려져 있다. 성낙은의 〈고시조 산책〉을 따르면 상촌은 지금까지 알려진 시조작가 372명 중 15위 이내를 차지함으로써 작품의 양에서는 물론(30여 수) 작품의 예술성에서도 정철이나 윤선도에 비견할 만 하다고 주장하였다. 그러니 그의 문학상의 위치를 재평가해야한다는 주장도 있다. 상촌의 시조 몇 수를 더 더듬어 보자.

노래 삼긴 사람 시름도 하도 할사
일래 다 못 일러 불러나 풀 돗던가
진실로 풀린 것이면 나도 불러 보리라

※**해설** : 노래를 처음 지은 사람 걱정과 근심이 많기도 많았을 것이다. 말만으로 마음속에 있는 것을 다 말할 수가 없어서 노래를 불러서 풀었던가? 그렇게 해서 근심걱정이 없어진다면 나도 노래를 불러보겠다.

공명이 그 무엇고 헌신짝 벗은 이로다
전원에 돌아오니 미록이 벗이로다
백년을 이리 지냄도 역(亦) 군은(君恩)이로다

※**해설** : 세상 사람들이 찾는 공명이란 무엇인가? 알고 보면 그것은 헌신짝 벗은 것과 같은 것. 그 공명을 두고 전원으로 돌아오니 고라니와 사슴이 내 벗이 되겠네. 평생을 이렇게 지낼 수 있는 것 또한 임금님 은혜일세.

여기서 한 가지 말해두고 싶은 것은 상촌처럼 공명이나 명예가 헌신 짝처럼 쓸데없는 것이라고 비웃는 사람들은 과거에 영의정이니, 좌의정, 우의정, 무슨 판서니 하고 명예와 공명을 쫓아 몇 십 년을 바쁘게 돌아다니다가 내놓고 한적한 산림 속 생활을 시작하면서 비로소 명예의 부질없음을 깨닫겠다는 말이다. 많은 경우 이렇게 음풍농월하고 사는 것이 그 명예 덕인데 지금 와서 명예가 부질없다느니 헌신짝과 같다느니 하는 것은 어떻게 보면 얄미운 소행이다.

조선조 신하, 특히 지위가 높은 신하가 자기에게 일어나는 모든 것을 임금님 때문에, 즉 성은(聖恩)으로 돌리는 것은 요새 교회에 죽기 살기로 믿는 신자들이 자기에게 일어나는 모든 일을 하나님의 은혜로 돌리는 것과 마찬가지일 것이다. 예로, 나의 대학 동기 동창 하나는 우물을 만들려고 땅을 팠더니 물이 퐁퐁 솟자 하나님이 잘 봐주셔서 그렇게 되었다고 자랑을 했다. 이 경우 하나님은 지술(地術) 연구원이 된 것이다. 땅을 파도 물이 안 나오면 그때는 누구의 은혜, 아니면 저주 때문일까?

꽃 지고 속잎 나니 시절도 변하거다
믈 속에 푸른 벌레 나비되어 나다닌다
뉘라서 조화를 잡아 천변만화(千變萬化) 하는고.

※**해설** : 꽃이 지고 속잎이 나니 시절도 바뀌었다. 물속의 푸른 벌레는 나비가 되어 날아다닌다. 누가 이런 조화를 마음대로 하여 변화무쌍을 일으키게 하는가?

내 가슴 해친 피로 님의 얼굴 그려내어

고당(高堂) 소벽(素壁)에 걸어두고 보고지고

뉘라서 이별을 삼겨 사람 죽게 하는고

※**해설** : 내 가슴 자해(自害)한 피로 님의 얼굴을 그려서 내 집 바람벽에 걸
어두고 실컷 보고 싶구나. 도대체 누가 이별 두 글자를 만들어 사람을 이
다지도 애타게 만드는고?

임에 대한 견디기 힘든 그리움과 애모의 정을 간직하는 것은 좋다.
그러나 자기 가슴을 칼로 그어 뚝뚝 떨어지는 핏방울로 임의 얼굴을
그리겠다고 나설 때는 퍼뜩 정신이 안 들 수 없다. 너무 독한 말이다.
세상 남자들이여, 조심하라. 무엇이든지 너무 지나치면 문제. 미워하
는 마음도 지나치면 안 좋지만 사랑하는 마음도 지나치면 문제다.
다정(多情)도 병이라 하지 않았는가. 사랑은 미움으로 통하고 정의는
불의와 통한다.

인간은 오욕칠정의 동물. 자기 가슴을 칼로 그어 그 피로 사랑하는
임의 얼굴을 그리겠다는 사람이 7정(情)의 하나인 미움[憎]으로 옮겨
갔을 때는 엄청난 파괴력과 독기를 가진 미움의 감정이 방향을 잃은
불길이 되는 수도 있다. 조심, 조심.

(2011. 3.)

39 녹양이 천만사인들

녹양이 천만사(千萬事)인들 가는 춘풍 매어두며
탐화봉접(探花蜂蝶)인들 지는 꽃을 어이하리
아무리 사랑이 중한들 가는 님을 어이하리

※**해설** : 푸른 버들가지가 천 갈래 만 갈래인들 가는 봄바람을 어찌 잡아
둘 수 있으며 꽃을 탐하는 벌과 나비인들 떨어지는 꽃을 어이하리. 마찬
가지로 아무리 사랑이 중한들 가는 임을 어찌하겠는가.

위의 시조는 명조—인조 사이의 문신 오리(梧里) 이원익의 떠나는
임을 슬퍼하는 노래다. 오리는 과거에 합격한 뒤 서애(西厓) 유성룡
과 율곡(栗谷) 이이의 눈에 들어 황해도 도사에 임명되었다. 황해도
도사를 지낼 때는 병적을 정비하고 굶주리는 백성을 구하는데 큰 공
을 세우는 등 선정을 베풀었다. 임진왜란이 일어났을 때는 이조판서
로서 큰 활약을 했다. 선조 때 영의정을 지낸 오리는 아무런 죄가
없는 유성룡을 이이첨이 탄핵하려하자 시정을 요구하는 상소를 올리
고 병을 핑계 삼아 벼슬을 그만두었다.
임진왜란 때 억울하게 원균에게 무고를 당한 이순신을 극력 두둔

했고 광해군 때는 인목대비를 폐모하자는 논의가 일자 격렬한 문구로 반대하다가 홍천으로 유배도 갔었다. 광해군 시절 오리는 벼슬에서 물러나 광주에서 살고 있었는데 마침 광해군이 실각, 강화도로 귀양을 가기 위해 서소문 근처에 머물고 있었다. 많은 사람들이 죄인 광해군을 꺼려하는데도 오리는 광해군이 거처하는 곳에 들러 울면서 전송하였다 한다.

인조반정은 성공했으나 백성들에게는 환영이나 지지를 받지 못했다. 이때 서인은 난국 타개책으로 내놓은 것이 남인(南人)이요 백성들의 존경과 지지를 받는 오리 이원익을 영의정으로 발탁하는 것이었다. 서인이 남인을 영상으로 영입한 것은 당시 혼탁하고 들뜬 정국을 가라앉히는 좋은 계책이었다. 쿠데타 직후 반정 공신들이 광해군을 죽이려하자 오리는 "그를 섬긴 노신(老臣)으로서 차마 들을 말이 아니니 조정을 떠나겠다."고 반발해 죽이지 못했다고 한다.

오리는 세상이 우러러 보는 청백리(淸白吏)다. 그는 도량이 넓고 순수했으며, 평생 말과 기색이 온화하여 큰일을 당해도 흔들림이 없었다. 그는 언젠가 자제들을 불러놓고 다음과 같이 말했다 전해진다.

나는 평생 이익을 보면 치욕이 되지 않을까 생각했고,
일에 임할 때는 비록 어려운 일이라도 사양치 않았으며,
행동할 때는 구차하게 보이지 않으려 노력했다. 그러면서 나의
허물을 줄이려고 했으나 뜻대로 되지 않았다…
용기는 밝은데서 생기고 밝으면 미혹되지 않고 미혹되지 않으면 동요되지 않는다.

다섯 임금을 거치며 일인지하(一人之下) 만인지상(萬人之上)의 영의정 자리에 다섯 번을 오른 오리는 초가집에서 살았고, 퇴직 후에는 끼니조차 잇기가 어려울 정도로 가난했다고 한다. 내가 오리 정승 이야기에 이처럼 많은 지면을 아끼지 않는 이유는 오리가 가고, 400년 가까운 세월이 지났으나 그의 행적은 보석처럼 빛나고 있기 때문이다.

독자들이여! 스스로 물어보자. 오늘날 중앙정치 무대에서 오리 정승의 백분의 일이라도 닮은 인물이 있는가?

십 년 갈아온 칼이 갑리(匣裏)에 우노메라
관산을 바라보며 때때로 만져보니
장부의 위국공훈을 어느 때에 드리올고

※**해설**: 10년이나 갈아온 칼이 칼집 속에서 울고 있다. 관산을 바라보며 때때로 만져보니, 대장부의 나라 위한 공훈을 어느 때에 세워 볼 것인가?

조선 중기 구국의 영웅 이순신의 시조다. 그의 시조 "한산섬 달 밝은 밤에 수루에 혼자 앉아…"는 모르는 사람이 없을 것이다. 선조가 북쪽으로 피난을 갔다는 소식을 듣고 썼다는 한시 한 수를 성낙은의 〈고시조 산책〉에서 빌려 적는다.

님의 행차 서쪽으로 멀리 가시고
왕자들 북쪽에서 위태한 오늘
나라 위해 근심하는 외로운 신하들

장수들은 공로를 세울 때로다
바다에 맹세하니 용이 흐느끼고
산에 맹세하니 초목이 아는도다
이 원수 모조리 무찌른다면
내 한 몸 이제 죽는다 어찌 사양하리오
(天步西門遠… 雖死不爲辭)

이순신이 왜구퇴치에 공을 세운 것만으로 그가 성웅(聖雄)이란 말이 아니다. 성웅이란 말이 붙는 이유는 그가 왜구와 싸울 때 눈물 어린 나라 걱정, 임금조차 자기를 지원해주지 않고, 당시 정국을 거머쥔 사림파 신하들이 난리 중에도 동, 서, 남, 북인으로 갈라져 당파 싸움에만 바빴다. 꼭 2011년 4월은 물론 2015년 1월 현재 대한민국에서 일어나고 있는 꼴이다. 이순신의 승전 보고를 정략적으로 이용, 공사(公私)를 분명히 밝히지 못하는 우매한 임금 선조는 이순신을 죽이려 까지 했다.

이순신과 율곡 이이는 같은 덕수 이씨 종친이다. 일찍이 율곡이 이순신의 명성을 듣고 같은 종씨를 만나보고 싶다는 전갈을 보내왔다. 보통 사람 같으면 먼저 가서 찾아보고 인사를 했을 것이다. 그러나 이순신은 율곡의 면회 요청을 거부했다.

"종씨 관계를 생각하면 나도 만나고 싶다. 그러나 인사권을 쥐고 있는 판서라 만나기가 어렵다."

(2011. 4.)

40 물나라에 가을 빛

  우리가 충무공 이순신을 단순히 해전의 신(神)으로만 알고 있다면 이순신의 십 분의 일밖에 모르는 것이다. 그의 깊이를 측량할 수 없는 나라 사랑, 폭넓은 인격과 아량, 철저한 현실적인 처신 등으로 미루어 볼 때 과연 만세에 사표가 되는 인물이다. 그의 한시(漢詩) 한 수를 보자.

  물나라에 가을 빛 저물어 가니
  추위 탄 기러기떼 높이 날아라
  시름 겨워 잠 못 이뤄 뒹구는 밤
  새벽달은 활과 칼을 사뭇 비추네
  (水國秋光暮/ 驚寒雁陣高/ 憂心轉輾夜/ 殘月照弓刀)

  노량해전에서 적의 유탄에 맞아 순직한 이순신의 시신은 남해 고금도에 가매장, 다음해에 아산군 금성산에 옮겨졌다가 다시 음봉면 어라산으로 이장돼 지금에 이르고 있다. 조선말 강화도 선비요, 문장가 이건창이 이순신의 묘소를 지나며 다음과 같은 한시 한 수를 읊었다.

원수님의 충정은 이 세상이 아니
이곳에 와 거듭 묘비를 읽네
저녁에 서풍 불어 소나무 소리 차겹더니
한산도 왜적 칠 때 그 소리같네
(元帥精忠 四海知 … 猶似聞山 破賊時)

참고로 이순신이 당시 임금 선조나 많은 조정 문신들의 미움을 받아 전쟁승리의 공은 고사하고 이순신을 죽여야 한다고까지 음모를 했으니 당파싸움이 어느 정도인지 짐작이 간다. 이를테면 임금 선조도 당쟁의 소용돌이에서 이성을 잃고 "이순신은 결코 용서할 수가 없다. 무신이 조정을 가볍게 여기는 습성은 다스리지 않을 수가 없다… 이렇게 죄가 있으면 용서할 수 없는 법이어서 마땅히 율(律)에 따라 죽여야 할 것이다"고 하였다고 하며 서인과 같은 곡조의 노래를 부른 어리석은 임금이다.

그런데 이 당파 싸움은 이순신의 죽음과도 관련이 있다. 즉 이순신의 죽음에 대해서 숙종 때 시강원(侍講院) 문학 이여라는 사람은 "임진왜란 당시 공훈을 세우고도 모함을 당해야 했던 이순신의 처지와 북인이 우세한 정국의 형편을 볼 때(남인 계열인) 이순신의 죽음은 예정된 것일 수도 있다."는 의견을 내놓았다. 이여의 이순신의 자살설 주장에서 북인들이 이순신의 죄를 묻겠다는 것은 이순신을 추천한 유성룡을 때려잡는데 있었다 한다. 그렇다면 이순신은 자기의 충성심을 당쟁의 손이 닿지 않는 먼 곳에 두려했을 것이다. 여기까지가 박성순 교수의 주장이다.

그런데 임진왜란이 끝나고 모함을 받은 사람은 이순신 하나 뿐이 아니었다. 광주의 김덕령 장군은 모함에 걸려 조정에 불려가서 고문 당하다 죽었다는 것은 앞에서 얘기했다. 경상남도 의령에서 의병을 일으켜 왜적과 싸운 망우당(忘憂堂) 곽재우도 얽히고설킨 모함을 받고 목숨이 위태로워지자 벼슬을 마다하고 삶에 대한 깊은 회의를 품고 완전히 은둔의 길로 들어서서 숨어버렸다. 망우당은 남명 조식의 사위로 일찍이 과거에 급제했지마는 왕의 뜻에 거슬린 글을 쓴 이유 때문에 합격이 취소된 기개에 찬 선비였다. 만약 김성일이 아니었으면 그는 누명을 쓰고 처형되었을 것이다.

청사검(靑蛇劍) 들러메고 백록(白鹿)을 지즐 타고
부상 지는 해에 동천으로 돌아오니
선궁에 종경 맑은 소리 구름 밖에 들리더라

※**해설** : 청사검을 어깨에 둘러메고 흰 사슴을 눌러 타고 해 뜨는 곳에 해가 질 무렵에 신선들이 산다는 마을로 돌아 들어 가니 신선의 궁전에서 울려 퍼지는 종소리는 구름 밖 딴 세상에서 들려오는 소리로세.

조선 중기의 문신 의병장 제봉(霽峰) 고경명의 노래다. "청사검 둘 러메고…"의 씩씩한 기세로 시작하여 종장에서는 신선의 세계로 들 어가고 싶은 마음을 노래하였다. 고경명은 일찍이 남명 조식의 문하 였으며 임진왜란이 일어나 서울이 적의 수중에 들어가고 왕은 북쪽으 로 도망갔다는 소식을 듣고 의병을 일으켜 왜병과 싸우다가 아들 인 후와 함께 전사하였다. 고경명의 시조를 하나만 더 보자.

보거든 슳미거나 못보거든 잊히거나
제 나지 말거나 내 저를 모르거나
차라리 내 먼저 치어서 제 그리게 하리라

※**해설** : 보면 싫거나 밉고 못 보면 잊혀지나니 제가 이 세상에 태어나지
말거나 내가 저를 몰랐으면—. 차라리 내가 먼저 없어져서 저쪽에서 날
그리워하게 하리라.

씩씩한 기개의 고경명이 부드러운 곡조의 세레나데(serenade)를
부른 것이다.

(2011. 4.)

41 빈천을 팔랴하고

빈천(貧賤)을 팔랴하고 권문(權門)에 들어가니
치름 없는 흥정을 뉘 먼저 하자하리
강산과 풍월을 달라하니 그는 그리 못하리라

※**해설** : 가난하고 천한 것을 팔고자 하여 권력과 세력이 높은 집을 찾아갔
는데 대가 없는 흥정을 누가 먼저 하자고 하겠는가. 강산과 풍월을 달라
하니 그것만은 그렇게 못한다했지.

가난하고 천한 삶이지만 흐르는 강과 솟아오른 산, 부는 바람과
외롭게 떠오르는 달을 벗하는 데서 무엇과도 바꿀 수 없는 행복이
깃들어 있다는 선조, 인조 때 문신 현주(玄洲) 조찬한의 노래이다.
문장이 놀라와 권필, 이안눌 등과 절친하게 지냈다.

이는 저외다 하고 저는 이외다 하네
매일에 하는 일이 이 싸움뿐이로다
이 중에 고립무조(孤立無助)는 님이신가 하노라

작가 칠실(漆室) 이덕일은 선조 때 충무공 이순신 밑에서 혁혁한 공을 세워 충무공의 신임을 얻었다. 이순신이 죽자 이정구의 추천으로 절충장군이 되었다. 일찍이 의금부의 탄핵으로 고향에 돌아와서 20수가 넘는 나라를 걱정하는 노래를 지은 것으로 유명하다. 졸저 〈세월에 시정을 싣고〉에 소개된 "힘써 하는 싸움 나라 위한 싸움인가/ 옷 밤에 묻혀있어 할 일 없어 싸우놋다/ 아마도 그치지 아니하니 다시 어이 하리오"도 우국가 중의 한 수다.

위의 시조에서 "이 중에 고립무조는 님이신가 하노라" 했는데 말이 그렇지 그 때 임금 선조는 문자 그대로 고립무조가 아니었다. 임금 선조도 어느 특정 당론(서인, 북인)을 지지하여 김덕령 장군을 잡아와서 심문하다 죽게 하고, 곽재우 장군을 죽이려고 모함해서 그를 산속에 숨어 살게 만들었으며, 이순신을 죽이려는 음모에 가담한 임금이라는 것은 앞서 이야기했다.

임진왜란이 끝나고 선조 37년 왜란공신이 책봉되었는데 호성공신 중에 문신이 86명인데 비해, 왜군과 직접 활과 총을 들고 싸운 무신들은 18명에 불과했다. 공신 중에 문신을 제외하면 내시가 24명이나 되었다. 당초 2등 공신으로 책정되었던 원균은 선조의 특명으로 이순신, 권율과 함께 1등 공신으로 올라갔다. 선조는 이순신의 전사를 애석해하지 않았다고 전한다. 그런데도 칠실은 고립무조의 임금이라고 하니 언뜻 이해가 잘 안 간다.

각시네 올벼 논이 물도 많고 거다 하데
병작(竝作)을 주려거든 연장 좋은 나를 주소
진실로 주기 곧 줄 양이면 가래들고 씨뿌려 볼까 하노라

※**해설** : 각시네 올벼논(옥문 : 여자의 성기)이 물도 많고 걸다는 소문이 있더군. 같이 농사를 지어 나누어 먹는 병작을 주려거든 연장(남자의 성기) 좋은 나를 한 번 주소. 정말로 주기만 할 것 같으면 (삽)가래 들고 씨 뿌려볼까 하노라.

남녀의 성(性) 관계를 멋진 은유를 써가며 읊은 시조다. 시조 전부가 성(性)에 관한 은어로 깔려있다. '각시네' '올벼논' '물도 많고 걸다' '연장 좋은' '씨 뿌려' 등은 여성, 남성의 성(性)에 비유한 말들이다.

성(性)에 관한 이야기를 꺼내는 것은 도저히 사회적으로 용납될 수 없는 더러운 것이라고 생각하는 사람들이 많다. 어떤 사람은 성(性)에 관한 이야기가 나오면 슬며시 자리를 뜨는 것으로 보아 그런 이야기를 잠자코 들어야하는 것이 무척 자존심이 상하는 모양이다. 그러나 문학작품이나 그림에서 성(性)이 억압받던 조선시대에도 오늘날 수준으로도 놀랄 만큼 대담하고 솔직하게 묘사한 작가들이 있다. 물론 작가의 대부분은 이름도 밝히지 않는 무명씨―. 다음 사설시조를 보자.

간밤에 자고 간 그놈 아마도 못 잊겠다
기와쟁이 아들인지 진흙에 뽑내듯이
두더지 영식인지 꾹꾹이 뒤지듯이
사공의 솜씨인지 상앗대 지르듯이
평생에 처음이요 흉측이도 얄궂어라
전후에 나도 무던히 겪었으되
참 맹세, 간밤 그놈은 차마 못 잊을까 하노라

※**해설** : 지난밤에 자고 간 그 녀석 아무리해도 잊을 수가 없네. 기와쟁이 아들인지 진흙을 이겨대듯이, 두더지 아드님인지 꾹꾹 뒤지는 그 솜씨, 아니면 사공의 솜씨인지 얕은 물에서 장대질 하듯이. 평생에 이런 맛은 처음일세. 아이고, 망측하고 얄궂어라. 나도 무던히 많이 겪어 보았지만 맹세코 말하노니 지난밤 잠자리를 같이 한 그 녀석은 차마 못 잊겠네.

말솜씨가 보통이 아니다. 투박하면서도 활기가 넘치는 사설시조다. 이런 문장은 저속하게 되기 쉬운데 익살과 비유가 수준 이상이라 상스럽지 않다. 내용으로 보면 여성 작가의 작품이나 아마도 남성 작가의 작품일 것이라는 생각이 든다.

(2011. 4.)

42 공산이 적막한데

공산(空山)이 적막한데 슬피우는 저 두견아
촉국 흥망이 어제 오늘 아니거든
지금에 피나게 울어 남의 애를 끊나니

※**해설** : 산이 비어 적막한데 슬피 울어대는 저 두견새야. 촉(蜀)나라가 흥
했다가 망한지가 어제 오늘 일도 아닌데 지금에 와서 피나게 울어 남의
마음을 상하게 만드느냐.

선조 때 무신 만운(晩雲) 정충신의 노래다. 그는 광주에서 태어났
는데 어려서부터 총명하고 재치가 있었다. 어릴 때 우연히 당시 병조
판서 이항복의 눈에 들어 그의 집에 머물며 글을 익혔다. 이항복은
정충신을 친자식처럼 대했고, 커서는 "풍파에 놀란 사공 배 팔아 말
을 사니…"의 시조를 지은이요 이괄의 난을 평정한 장만의 부하로
있게 하였다.

인목대비 폐모론을 반대한 죄로 이항복이 북청으로 유배를 갈 때
정충신은 그를 모시고 따라갔고, 그가 귀양지에서 죽자 3년 동안 애
도하며 상을 치렀다. 북청에 유배살이를 하던 이항복은 죽음이 가까

워지자 정충신을 찾았다 한다.

조선 중기에 들어오면서 동북아의 국제 정세도 급변하였다. 만주에서 여진족이 후금(後金)을 건국하였고, 명나라의 국운은 석양 노을에 젖어 있었다. 광해군은 이것을 예리하게 관찰하고 능란한 외교솜씨를 발휘, 명나라가 원군을 요청하자 강홍립 장군에게 군사 1만을 주어 명의 후원군으로서 명편에서 후금과 싸우는 체 하다가 후금에 거짓 투항하라는 비밀 지시를 주었다.

밀명을 받은 강홍립이 후금에 (거짓)투항하자 조정의 대신들은 명을 배반하는 강홍립을 역적으로 다스려야 한다면서 그의 가족들을 모두 죽일 것을 주장했다. 하지만 광해군은 강홍립과 비밀 약속이 있는터라 대신들의 아우성에 아랑곳 하지 않고 강홍립의 가족들을 서울로 데려와 살도록 보살펴 주었다.

강홍립은 명나라에 협력하는 체 하면서 후금에 대해서는 명의 강요 때문에 출병했을 뿐 그들에 대한 적의(敵意)는 없다는 것을 보여주어 광해군의 밀서를 잘 따라 행동했다. 강홍립은 후금에 있으면서 계속해서 후금의 정보를 조선에 보내 주었다. 그 덕으로 조선은 후금의 정세를 낱낱이 파악하고 대책을 마련할 수 있었다.

그러나 이같은 명에 대한 의리를 저버리고 오랑캐의 나라 후금(뒤에 청나라)을 가까이 한다는 것은 숭명(崇明 : 명나라를 숭상함) 사상에 젖은 조정 신하들의 반감을 사서 쿠데타 명분을 주었다. 또 하나는 선조의 적자(嫡子 : 정실에서 난 아들) 영창대군을 죽이고 계모인 인목대비를 유폐시키고, 형제(임해군)를 죽여 천륜을 어겼다는 것이다.

그러나 소위 말하는 광해군의 폭정은 백성에 대해서 행해진 것은 없고 어디까지나 집권층 권력 다툼에서 일어난 정치적 행위에 지나지 않았다. 실제 폐모 행위가 정당하다는 말은 결코 아니다. 조선 역사를 살펴보면 유능한 왕이라 해도 자기의 정적(政敵)을 제거하는 데는 여유를 보이지 않았다. 이를테면 태종(이방원)은 자기 동생들과 자기 처남 4명을 죽이고 세자 양녕을 폐세자 하였지 않았는가.

7대 임금 세조는 조카 단종을 죽였고, 자기에 반대하는 신하 혹은 쫓겨난 자기 조카요 임금 단종에 충성하는 신하는 가차없이 제거해 버렸다. 이들 태종과 세조에 비하면 광해군은 그리 극악무도한 편이 아니었다. 그러니 광해군과 인조반정에 대한 책을 읽을 때는 쿠데타 행위를 합리화하려는 면이 강하다는 것을 잊어서는 안 된다. 그러니 인조반정은 그야말로 권력 장악을 위한 반정으로 보는 사가(史家)들이 많다.

아들과 며느리, 그리고 아내마저 잃은 광해군은 초연한 자세로 제주도로 유배를 가서 18년을 넘게 살다 죽었다. 그동안 서궁에 유폐되었던 인목대비는 광해군을 죽이려고 혈안이 되어있었고, 인조 세력도 몇 번이나 그를 죽이려고 시도하였다. 그러나 인조반정 이후 민심 수습차 영의정에 제수된 남인 이원익의 격렬한 반대와 내심 광해군을 따르던 관리들에 의한 살해기도는 번번이 좌절되었다.

광해군을 쫓아낸 서인들의 명분은 동생을 죽이고 어머니를 폐한 부도덕성 때문이었다. 그러나 실제 인조반정 이후의 정국을 살펴보면 서인 세력이 내세운 반정의 명분이 무색하리만큼 부도덕한 패륜행위를 자행하였다. 아들, 며느리를 죽이고 손자 둘, 안사돈, 그 외 수 없는 신하들을 죽였으니 부도덕한 행위는 광해군보다 인조가 훨씬 더 많이 저질렀다 하겠다. 갈 길이 바쁘다. 어서 그 어리석고 지저분한 인조반정을 뒤로 미루고 다음으로 가자.

(2011. 5.)

43 동기로 세 몸 되어

동기로 세 몸 되어 한 몸같이 지내다가
두 아우는 어디 가서 돌아올 줄 모르는고
날마다 석양 문 밖에 한숨 겨워 하노라

※**해설** : 한 배 속에서 형과 동생으로 태어나 한 몸같이 지내다가 두 아우
들을 잃고 날마다 저녁때만 되면 대문밖에 나가 한숨만 쉬네.

위의 시조는 노계(蘆溪) 박인로의 창작이다. 노계는 경북 영천(안
동이라고 적힌 책도 있다.)에서 태어나 82세로 생을 마감하였다. 그
의 생애 전반 40년은 관리로, 후반 40년은 자연 속에 묻혀 지낸 선비
의 삶이라 할 수 있다. 서른 살 때 임진왜란이 터지자 노계는 과감히
붓을 던지고 의병에 뛰어들어 충무공 이순신 휘하에 잠시 있었다.
군사들을 위로하기 위해 '태평사'라는 가사를 짓기도 했다. 송강 정
철, 고산 윤선도와 함께 조선조 3대 시조 작가로 꼽힌다. 노계의 작품
은 한문 고사가 너무 많이 섞인 것이 가장 큰 흠이다. 노계의 시 두
수를 더 더듬어 보자.

왕상(王祥)의 잉어 잡고 맹종(孟宗)의 죽순 꺾어
검던 머리 희도록 노래자(老來子)의 옷을 입고
인생에 양지 성효를 증자(曾子)같이 하리라

※**해설** : 중국 진나라 때의 효자 왕상(王祥)이 어머니를 위해 겨울에 얼음을 깨고 잉어를 잡았고, 삼국시대 오나라의 효자 맹종(孟宗)도 어머니가 죽순을 먹고 싶다하여 겨울에 대밭에 가서 죽순을 꺾어 어머니를 봉양했다. 중국 주나라 때의 이름난 효자 노래자(老來子)가 그랬듯이 색동옷을 입고 평생 동안 어머니 아버지를 즐겁게 해드리며 증자처럼 효도해보고 싶구나.

우리나라에도 효자 효녀는 많이 있었을 것이다. 노계는 중국산 수입 효자만 썼다는 게 흠이라면 흠이다. 우리나라에도 심청을 비롯 이름난 효자 효녀가 많지 않은가. 효자들의 어머니는 어떻게 보면 '문제' 어머니들이다. 왕상의 어머니는 한겨울에 잉어를, 맹종의 어머니는 한겨울에 죽순을 먹고 싶다 했으니 바쁜 생활을 하는 자식들에게는 들어주기 귀찮은 요구가 아니겠는가. 특히 아버지는 처음부터 문제. 뭐가 먹고 싶다고 용감하게 자기 의견을 내놓는 아버지도 없으려니와 설사 뭘 먹고 싶다 말을 해도 갖다 바칠 자식도 없지 않을까. 예나 지금이나 불쌍한 것은 아버지다.

요즈음 세상에는 물질적으로 부모에 효도하기란 돈만 있으면 식은 죽 먹기다. 대형 식료품 가게나 쇼핑센터에 가보라. 봄, 여름, 가을, 겨울 사시사철 어느 때고 왕상, 맹종, 노래자가 구하던 살아서 펄펄 뛰는 잉어, 죽순, 색동옷을 얼마든지 구할 수 있지 않은가. 요새는 효자가 되자면 돈이 필요한 세상이다.

그런데 문제가 있다. 현대의 효도는 효도기간이 옛날의 그것 2배, 3배나 더 길어진다는 사실이다. 가령 27세에 결혼해서 첫 아이를 낳고 그 아이가 공부를 마치고 33세에 직장을 얻어 43세부터 부모를 모신다고 가정해 보자. 부모가 70세부터 자식 봉양을 받는다고 할 때 부모가 90세까지 생존한다면 자식은 20년을 봉양해야 한다. 인간의 수명이 늘어나면 최소한 100세는 살 것이다. 그러면 자녀의 효도기간은 30년으로 늘어날 것이다.

심산에 밤이 드니 북풍이 더욱 차다
옥루고처(玉樓高處)에도 이 바람 부는게요
긴 밤에 추우신가 북두 비겨 바라노라

※**해설** : 깊은 산에 밤이 드니 북쪽에서 부는 바람이 더욱 차구나. 구슬로 꾸민 높은 다락, 곧 임금님이 계시는 대궐에도 이 차가운 바람은 불겠지. 긴 밤에 임금께서도 추우실텐데, 북두칠성을 바라보며 춥지 않기를 바라나이다.

인생 백세 중 질병(疾病) 다 있으니
부모를 섬기다 몇 해를 섬길런고
아마도 못 다할 성효(誠孝)를 버퍼보렸도다

※**해설** : 인생이 100세를 산다 치고 그 사이에 온갖 질병을 다 겪으니 부모를 섬긴다 해도 몇 해를 섬길 수 있을까. 누구나 다하지 못할 것은 이것

이니 정성과 효도로 부모님을 봉양해 보겠다.

위에서 보는 바와 같이 노계는 "형제간의 우애, 부부간 화락, 부모님께 효도" 등의 윤리 도덕에 순종하라는 훈계 내용의 시조를 많이 지었다. 글에서 너무 윤리 도덕을 강조하면 문학성이 줄어들 위험이 있다는 것을 지적해 두고 싶다. 성경이나 대한민국 헌법이 문학성이 높다고는 할 수 없는 것과 마찬가지.

그럼 뭐가 문학성인가? 나는 문학성을 한 작품을 읽을 때 아름다움을 느낄 수 있느냐 없느냐로 정의한다.

(2011. 5.)

청석령 지나거나

청석령(靑石嶺) 지나거나 초하구(草何溝) 어드메오
호풍(胡風)도 차도 찰사 궂은 비는 무슨일고
뉘라서 내 행색 그려다가 님 계신데 드릴꼬?

※**해설** : 청석령 고개를 지나가니 초하구는 어디쯤인가? 오랑캐 땅에서 불
어오는 북풍은 차기도 차구나. 또 줄기차게 내리는 비는 무슨 일인고?
그 누가 나의 이 초라한 모양을 그려다가 내 님(아버지 인조)이 계신 곳
에 갖다드릴꼬?

청강(淸江)에 비 듣는 소리 그 무엇이 우습관대
만산홍록(滿山紅綠)이 휘두르며 웃는고야
두어라 춘풍이 몇 날이리 우을대로 우어라

※**해설** : 강물에 비 떨어지는 소리가 무엇이 그렇게 우습기에 산에 가득한
꽃과 풀이 저렇게 몸을 흔들어 대며 웃을까. 내버려두어라, 봄바람 불 날
이 며칠 안 남았는데 실컷 웃고 싶은 대로 웃으렴.
위의 시조 두 수는 인조의 둘째 아들, 후일의 제17대 임금 효종이

지은 것이다. 첫째 시조는 왕자로서 볼모로 청나라에 끌려가는 피눈물 나는 광경을 묘사한 것이고, 둘째 수는 자연의 아름다움을 노래한 것이다.

쿠데타에 성공한 능양군 인조는 임금 자리에 오르자마자 반대 세력을 제거하고, 다시 명나라를 받들고 청나라를 배척하는 숭명배청(崇明排淸) 외교노선으로 기수를 돌렸다. 조정은 서인 천국이 되었다. 그러나 민심은 어수선하고 여러 곳에서 크고 작은 무력 봉기가 일어났다. 그 중에서 가장 큰 것이 이괄의 난. 이 난리로 인조는 공주까지 피난을 가게 되었다.

이괄의 난이 평정되자마자 조선 침입의 기회를 노리던 후금은 3만 대군으로 압록강을 건너 정묘호란을 일으켰다. 인조는 강화도로 피난 가고 최명길 등이 강화회담에 나서서 조선과 후금은 형제나라의 관계를 맺고 철군하였다. 이어 후금은 나라 이름을 청(淸)이라 고치고 형제 관계에서 군신관계로 바꿀 것을 요구, 조선이 거부하자 13만 대군을 이끌고 압록강을 건너 조선을 침략하였다. 조정은 강화도로 피난을 가려고 했지만 길이 막혀 남한산성으로 들어가 항전하였으나 더 이상 버티지 못하고 45일 만에 항복하고 말았다.

인조 15년 1월, 인조는 신하를 뜻하는 푸른 색깔의 옷을 입고 소현세자를 비롯한 조정의 신하들을 거느리고 삼전도로 나가 청 태종에게 삼배구고두(三拜九叩頭 : 세 번 절하는 동안 아홉 번 이마를 땅에 찧는)의 굴욕적인 항복을 했다. 명(明)나라를 멀리하고는 안 된다는 성리학자들이 떠오르는 오랑캐의 나라 후금, 즉 청나라를 무시하다 생긴 조선 역사에 다시없는 치욕적인 항복이었다.

역발산(力拔山) 기개세(氣蓋勢)는 초패왕의 버금이요
추상절(秋霜節) 열일충(烈日忠)은 오자서의 위로다
천고에 늠름한 장부는 수정후인가 하노라

※**해설** : 산을 잡아 뽑아 올릴 힘과 세상을 뒤덮을 기개도 항우 다음이요,
서릿발 같은 절개와 햇볕같이 뜨거운 충성은 초나라 사람으로 오나라에
가서 장군이 되어 초나라를 멸망시켜 원수를 갚은 오자서(伍子胥)보다
위로다. 천년만년을 두고 늠름한 대장부의 대장부는 삼국지에 나오는 수
정후 관우 장군인가 하노라.

위의 시조는 인조 때 이괄의 난을 평정했고, 병자호란 때는 의주
부윤으로 백마산성을 지키던 유명한 고송(孤松) 임경업 장군의 노래
다. 임경업은 조선 중기의 장군으로 충북 충주 대림산 기슭에서 태어
났다. 어려서부터 의협심이 강하고 용감해서 장차 장군의 재목으로
사람들 입에 오르내렸다 한다.
임경업은 강홍립과는 달리 숭명배청을 고집, 그러니 청나라를 오
랑캐로 배척하고 명나라와 친하려는 당시의 서인세력과 같은 입장이
었다. 친명(親明) 주의자였기 때문에 조선에서는 그를 옹호하는 사람
들이 적었고 사향길로 접어든 명나라 또한 임경업을 수용할 여유가
없었다. 인조 16년 평안 병사로서 군사를 움직이려고 했는데 김자점
등이 임경업을 모반사건에 관련되어 있다고 무고하여 잡혀서 고문을
당하다 죽었다. 임경업 장군이 생시에 차고 다니던 추련(秋蓮)이란
칼에 다음과 같은 한시가 적혀있다.

세월은 한 번 가면 다시 오지 않으니
한번 나서 죽는 것이 여기 있도다
대장부 한 평생 나라에 바친 마음
석자 추련검을 십년 동안 갈고 닦았노라
(時呼時來不再來…… 三尺秋蓮磨十年)

오냐 말 아니따나 싫커니 아니말라
하늘 아래 너 뿐이면 아마 내야 하려니와
하늘이 다 삼겨시니 날 괼인들 없으랴

※**해설** : 말 않겠다(?)해도 싫은데 말 아니하겠느냐. 하늘 아래 너 뿐이면
아마 내로라하고 뽐내겠지만 나도 하늘이 만들었으니 날 괼(사랑) 사람
인들 없겠느냐.

　위의 시조는 문향(文香)이라는 선조 때 성천 기생의 작품이다. 작
가는 중국에 사신으로 갔다 오는 송포(松浦) 이각(정각이라 적힌 책
도 있음)을 만나 사랑에 빠졌으나 이각이 버리자 자존심이 상하여
이 노래를 지었다 한다. "싫으면 관둬. 너 아니라도 날 사랑할 사람
많아."하는 배짱이 두둑한 노래다.

(2011. 5.)

군산(君山)을 삭평(削平)턴들 동정호 너를 랏다
계수(桂樹)를 베었던들 달이 더욱 밝을 것을
뜻 두고 이루지 못하고 늙기 설워하노라

※**해설** : (동정호 안에 있는) 군산을 깎아서 평평하게 했다면 동정호가 넓어질 텐데─. 달이 있다는 계수나무를 베어버렸다면 달이 더욱 밝아질 텐데─. 뜻이 있으면서도 이루지 못하고 늙어가니 이 얼마나 서러운 일이냐.

효종이 북벌계획 때 어영대장에 발탁된 매죽헌(梅竹軒) 이완 장군이 지은 시조이다. 그는 두 차례나 병조판서로 임명되었으나 모두 거절하고 훈련대장으로만 있었다. 효종이 급사하는 바람에 북벌의 꿈은 좌절되었으나 그는 무조건 벼슬만을 쫓는 문신들과는 달리 군인이 가야할 길만 태연히 걸어간 보기 드문 무인이었다.

이완을 훈련대장에 추천한 사람은 당시의 영의정 양파(陽坡) 정태화였다. 정태화는 당파 싸움에 끼어들지 않는, 모든 일을 공평하게 처리하는 명재상이었다. 그는 효종의 요청으로 이완을 추천하였고,

어영대장이 된 후에도 끝까지 그를 밀어주고 감싸주었다. 정태화는 인조 2년에 중앙정치에 데뷔(debut), 소현세자를 따라 심양에 다녀온 후 충청관찰사를 시작으로 48세에 우의정에 이르기까지 육조의 참의, 한성부윤, 평안도, 경상도 관찰사, 대사헌, 40년 동안 영의정을 여섯 번이나 지냈다. 그의 작품으로 다음과 같은 노래가 있다.

술을 취케 먹고 둥글게 앉았으니
억만 시름이 가노라 하직한다
아이야 잔 가득 부어라 시름 전송하리라

※**해설** : 술을 취하도록 실컷 마시고 둥글게 앉았으니, 억만 가지의 걱정이 나를 떠난다고 하직하네. 보소 술 한 잔 가득 부으시오. 날 떠나가는 걱정을 작별하고 올까하오.

정태화에게는 이런 일화가 전해온다. 하루는 정태화가 그의 아우 치화(致和)와 함께 사랑에 앉아있는데 우암(尤庵) 송시열이 찾아왔다는 전갈이 왔다. 두 사람은 당시 당파간의 갈등으로 심각한 대립관계에 있었다. 동생 치화는 "형님, 나 그 자와 마주치기 싫소. 다락에 올라가 있다가 그 자가 가고 난 뒤 나오리다."며 다락으로 올라가 버렸다. 잠시 후 영문도 모르고 우암이 들어와 정태화와 인사를 나눈 후 서로 말없이 앉아있었다. 그렇게 10분, 20분을 주인과 손님은 말없이 마주 앉아 있었다. 다락에 숨어있던 동생 치화는 아무리 귀를 기울여도 방에서 소리가 나질 않자 우암이 돌아간 줄 알고 "형님, 그 자 갔습니까?"하고 냅다 소리를 질러 버렸다. 입장이 난처해진 형 태화는 "아, 아까 과천에서

온 산지기는 돌아가고, 지금 여기 우암 송 대감이 와 계시네."하고 임기 응변으로 둘러댔다.

압록강 해진 뒤에 어여쁜 우리 님이
연운(燕雲) 만리를 어디라고 가시는고
봄풀이 푸르고 푸르거든 즉시 돌아오소서

※**해설** : 압록강에 해는 졌는데 어여쁜 우리 님들아(소현, 봉림 대군), 머나 먼 연경(북경의 옛 이름) 길을 어디라고 가십니까? 갔다가 내년 봄풀이 파랗게 돋아나거든 곧바로 돌아오십시오.

위의 시조는 병자호란이 끝나고 청나라가 조선의 두 왕자, 소현세자 와 봉림대군을 볼모로 잡아 갈 때 당시 통역관을 했던 장현이라는 사람 이 지은 것이다. 끌려가는 두 왕자를 생각하니 가슴이 찢어질 것 같은 아픈 마음, 봄이 오면 돌아올 것을 간절히 비는 노래다.

청춘에 곱던 양자(樣子) 님으로야 다 늙었다
이제 님이 보면 날인 줄 알으실까
진실로 날인 줄 알아보면 고대 죽다 설으랴

※**해설** : 젊었을 때 아름답던 모양이 임으로 인하여 다 늙었구나. 이제 님 이 나를 보신다해도 나를 알아보실까? 아 아 임께서 날인 줄만 알아보면 지금 당장 죽어도 서럽지 않겠네.

이 시조의 종장이 "아모나 내 형용 그려다가 임의 손에 드리고져"로 적힌 데도 있다. 설봉(雪峰) 강백년의 시조다. 강백년은 강빈 옥사가 일어나자 강빈의 억울함을 상소하다가 파직 당했다. 소현세자의 죽음으로 인조 정권에 대해서 반감을 가진 선비들이 많았는데 그 중에 강백년이 대표적이다. 그가 대사간으로 있을 때 강빈의 죄를 풀어줄 것을 상소했다가 청풍군수로 좌천된 적이 있다. 청백리(淸白吏)로 이름이 난 대신으로 죽고 나서 영의정에 추증되었다. 그러면 강빈의 옥사란 무엇인가?

나는 사가(史家)가 아니기 때문에 여러 책을 읽고 종합해서 소개할 수밖에 없으니 독자들은 널리 양해해주기 바란다.

소현세자는 병자호란 때 볼모로 청나라에 잡혀가 8년간 있다가 돌아왔다. 장차 인조를 이어 임금이 될 소현세자는 조선 개혁의 꿈을 가득 안고 돌아왔다. 조선을 폐쇄의 나라에서 개방의 나라로, 백성을 희생시키는 비현실적인 명분의 나라에서 백성들의 생활을 우선시 하는 현실적인 나라로 만들려는 생각으로 가득차서 심양에 있는 동안 진취적인 생각을 가진 학자들과 만나고 아담 샬(Adam Schal) 예수회 선교사와 교제도 하였다. 그러나 이러한 개혁적인 생각은 인조를 비롯한 서인들의 불만을 샀다.

(2011. 5.)

46 가노라 삼각산아

인조는 개혁의지를 가진 소현세자를 심히 못마땅하게 생각하였다. 더구나 세자가 청나라에 잡혀가기 전 자기가 삼전나루에서 청 태종에게 3번 절하고 9번 이마를 땅에 찧고 항복한 청나라와 가깝게 지낸다는 것은 도저히 용납 못할 일이었다. 한편 인조는 잘못하면 자기가 임금 자리를 아들에게 빼앗길지도 모른다는 불안에 휩싸였다. 소현세자가 심양에 가 있으면서 청의 세력을 등에 업고 아버지를 왕위에서 밀어내고 자기가 왕이 되지 않을까에 신경이 곤두서 있었다. 인조는 소현세자가 심양에 있는 동안 사람을 은밀히 보내어 소현세자의 거동에 대한 정보를 비밀히 보고 받았다. 그때 은밀히 보낸 사람이 본대로 들은 대로 보고했겠는가. 서인들의 음모에 따라 꿰맞춘 정보, 인조의 귀에 거슬리는 거짓 정보를 보고(報告)했을 것이다. 사가(史家)들은 인조가 소현세자의 죽음에 직접 관여했는가에 대해서는 확실한 증거가 없지만 서인들이 독살했다는 점, 그리고 인조가 이 일에 적극적인 지지를 했다는 것에 대해서는 입을 모은다.

소현세자를 독살한 서인세력들과 인조는 소현세자의 부인인 강빈 형제들을 절도에 귀양 보내고 강빈에게는 인조 수라상에 독을 타려 했고, 인조를 저주하는 살풀이를 했다는 누명을 씌웠다. 우선 궁녀들을 잡아다가 강빈이 시아버지 인조 수라상에 약을 타려고 시도했다는 말이 나오도록 심한 고문을 가했다. 원손의 보모를 비롯한 수많은 궁녀들은 죽어가면서도 강빈을 끌어들이지 않았다. 인조는 강빈의 두 오빠에게 사약을 내리고, 강빈에게 충성하던 궁녀 수십 명을 죽였다.

소현세자의 동생 봉림대군이 인조의 뒤를 잇는 왕세손으로 확정되었다. 소현세자의 아들이 세자가 되어야 하는데 동생인 봉림대군이 결정된 것도 변칙이다. 소현세자가 침만 맞다가 죽었으나 전의를 귀양 보내는 관례를 어기고 귀양 보내지 않은 것도 변칙. 참고로 강빈을 죽음으로 내몬 김자점은 김질의 5대손이었다.

독자들이여, 김질을 기억하는가? 성삼문, 박팽년 등의 사육신과 함께 단종의 복위를 꾀하던 중 이들을 배신, 밀고하여 세조의 공신이 된 김질을 기억하는가. 참으로 "콩 심은데 콩 나고, 팥 심은데 팥 난다."는 말은 이런 경우를 두고 하는 말이다. 변절의 DNA도 대대로 유전이 되는가. 김자점 그의 5대 할아버지 김질 모두 한 혈통의 선비들이었다.

선비 말이 나온 김에 선비라는 식자층에 대해 내 느낌을 얘기하고 넘어가야겠다. 오늘날 사람들이 생각하고 있는 선비의 묘사에는 실로 부러운 묘사가 많다. 즉 선비는 물질적 부(富)보다는 도의적 명분을 추구하고 불의 보다는 정의 편에 서고, 사악한 짓을 꾸짖거나 비평함을 두려워하지 않는 사람들이다. 오늘날 선비라 불리는 사람들은 힘 있고 권세 높은 사람들 앞에 알짱거리기를 좋아하며 이권이나 권력 앞에 굽실거리며 자기 배만 불리려들며, 겉으로는 고상한 척 하나 속은 썩은 지식인들이다. 모든 선비가 다 그렇다는 말은 아니다. 오늘날 선비다운 선비가 없다면 옛날에는 어땠을까?

선비들 간에 반목, 음모, 무고 등으로 얼룩진 4대 사화를 일으켰고, 파당을 지어 서인은 동인을, 동인은 서인을 헐뜯고, 모함하고, 모략 중상… 이것이 과거에 급제한 선비들이 도덕적 명분을 실천에 옮긴 소행이었다. 이 점에서 나는 박성순 교수가 〈선비의 배반〉이라는 책에서 선비의 묘사가 지나치게 미화(美化) 내지 과장되었다고 하는 주장에 전적으로 동의한다.

가노라 삼각산아 다시보자 한강수야
고국산천을 떠나고자 하랴마는
시절이 하 수상하니 올뚱말뚱하여라

※**해설** : 삼각산(북한산)아 한강수야 다시 보자. 지금 오랑캐 나라에 잡혀 가느라 고국산천을 떠나야 한다. 시국이 하도 이상하니 돌아올 수 있을지 없을지 나도 모르겠구나.

청음(淸陰) 김상헌의 시조다. 청음은 병자호란 때 강화도에서 자결한 김상용의 동생이다. 병자호란 때 인조와 함께 남한산성에 있었으며 청과 끝까지 싸우자는 척화(斥和)파의 우두머리다. 인조가 항복을 결정하자 항복문서를 찢고 대성통곡하였다 한다. 호란이 끝나면서 심양으로 끌려갔다가 돌아와서 좌의정에 올랐다가 83세에 죽었다. (청나라에 끌려가서 거기서 죽었다고 적힌 책도 있다.)

(2011. 5.)

47 어버이 자식 사이

어버이 자식 사이 하늘 삼긴 지친(至親)이라
부모 곧 아니면 이 몸이 있을소냐
오조(烏鳥)도 반포를 하니 부모 효도하여라

※**해설** : 부모와 자식 사이는 하늘이 점지한 부모—자식관계다. 부모가 없
었으면 이 몸이 태어날 수 있었을까. 까마귀도 커서는 어미에게 먹을 것
을 물어다가 효도를 하는데 부디 부모에 효도하여라.

오동에 듣는 빗발 무심히 듣것마는
내 시름하니 잎잎이 수성(愁聲)이로다
이후야 잎 넓은 나무를 심을 줄이 있으랴

※**해설** : 오동나무에 떨어지는 빗발 무심히 들을 수 있지마는 내 걱정이 많
다보니 잎에 뚝뚝 떨어지는 빗소리가 모두 근심이구나. 이 후에야 잎 넓
은 나무를 다시는 심지 않을 것이로다.

앞의 시조 두 수는 청음 김상헌의 형 선원(仙源) 김상용의 시조다.

하나는 부모에 대한 효도를, 하나는 자기 심회를 읊은 것이다. "가노라 삼각산아 다시 보자 한강수야 고국산천을…"로 널리 알려진 청음(淸陰) 김상헌의 형이다. 두 형제는 병자호란이 터지자 위국충절의 행동으로 겨레의 본보기가 되었다.

극히 개인적인 얘기 하나. 나는 서울에서 대학을 다닐 때 서예를 배웠는데 서예 스승은 일중(一中) 김충현, 여초(如初) 김응현 형제분이었다. 일중, 여초 선생의 세계(世系)중에 14대만 거슬러 올라가면 선원, 청음 형제분이 나란히 있다. 그러니 일중, 여초 형제는 조선이 청나라의 말발굽에 짓밟힐 때 분연히 일어나서 끝까지 싸울 것을 주장한 애국지사의 후손들이었다. 이런 우국지사의 후손들에게 붓글씨를 배웠다는 것도 내 영광이라면 영광이다. 지금 내 서실에는 陶泉書廚(도천서주 : 서주란 책이 있는 부엌이란 말이니 도천 서실이라는 말)라고 화선지 반 폭의 예서(隸書)로 쓴 글씨, 침실에는 精金美玉이라고 쓴 예서 소품이 걸려있다. 모두 일중 선생이 한 폭은 내게, 또 한 폭은 아내에게 써준 글씨다.

바람에 휘었노라 굽은 솔 웃지마라
춘풍에 핀 꽃이 매양에 고우시랴
풍표표(風飄飄) 설분분(雪紛紛) 할 제 네야 나를 부르리라

※**해설** : 바람에 휘었다고 굽은 솔이라 비웃지 말라. 봄바람에 된 꽃이 늘 그렇게 고울까보냐. 바람 세차게 불고 눈발 날릴 때는 그 때 가서 너야말로 나를 부러워하리라. 아무리 꽃이 아름답다한들 바람, 눈에 꿋꿋이 견디는 소나무만 할까?

위 시조의 작가는 인평대군이다. 그는 조선 제 16대 임금 인조의 셋째아들, 그러니까 17대 임금이 된 효종의 동생이다. 인품이 넉넉하고 글씨도 잘 썼다 한다. 인평대군의 시조 하나만 더 보자.

세상 사람들이 입들만 성하여서
제 허물 전혀 잊고 남의 흉보는구나
남의 흉 보거라 말고 제 허물을 고치과져

남의 흉보려고만 하지 말고 자기 허물이나 고치라는 별다른 해설이 필요 없는 시조다.

사람이 남의 흉을 보는 버릇은 태곳적 동굴 안에서 생활할 적부터 생긴 버릇이다. 남의 흉을 본다는 것은 "내가 잘났다"는 사실을 만천하에 공표하는 것과 마찬가지. "어찌하여 형제의 눈 속에 있는 티는 보고 네 눈 속에 있는 들보는 깨닫지 못하느냐"는 성경 마태복음 7장 3~5절 말씀과 같다. 위의 시조는 졸저 〈세월에 시정을 싣고〉에 실렸던 시조이나 너무나 널리 알려진 경고성 시조이기 때문에 〈시조 이야기〉에 또 실었다.

위의 시조는 도덕적인 면에서는 아무런 무리가 없으나 인지심리학적 견지에서 보면 무리가 많은 노래이다. 요컨대 제 허물을 있는 그대로 보는 사람은 거의 없다는 것이다. 만약 제 허물을 있는 그대로 보는 사람이 있다면 그는 정신적으로 그다지 건강한 사람이 아니다.

많은 사람들, 특히 정신적으로 건강한 사람은 자기 자신에 대해 있는 그대로, 생긴 그대로 보질 못하고 어떻게 해서든 자기 자신을 좋은 쪽으로 끌어당겨 긍정적인 눈으로 보고, 자신의 미래를 다른 사람보다 더 낙관적으로 보며, 자기가 통제할 수 없는 일도 통제할 수 있다고 착각하고 있다는 말이다. 일찍이 희랍의 철학자 소크라테스는 "너 자신을 알라"는 말을 했다. 그러나 자기의 장점과 단점을 왜곡 없이 있는 그대로 보는 사람은 없다. 모두가 자기 자신에 대해 큰 착각을 하고 살아간단 말이다.

그럼 어떤 사람이 자기 자신의 장단점을 왜곡 없이 바라볼 수 있는가. 인지심리학자들에 의하면 경도 우울증에 있는 사람이나 정신적으로 그다지 건강하지 못한 사람들은 자기 자신을 착각하지 않고 바라볼 수 있다는 것이다. 정신적으로 건강한 사람은 자기에 대한 비난이나 불평 같은 것이 오면 그 부정적 정보를 걸러내는 일종의 정신적 필터(filter)같은 것이 있어서 그 필터를 거치는 동안 위험한 정보는 덜 위협적인 것으로 만들어 버린다. 그러나 정신적으로 건강하지 못한 사람은 이러한 필터링 능력이 부족한 것이다. 시조 한 수를 두고 쓸데없는 말이 길어졌다. 다음 시조로 넘어가자.

(2011. 5.)

48 수양산 나린 물이

수양산 나린 물이 이제(夷齊)의 원루(怨淚) 되어
주야불식(晝夜不息) 하고 여흘여흘 우는 뜻은
지금에 위국충성(爲國忠誠)을 못내 설워 하노라

※**해설** : 충신 백이와 숙제가 주나라 곡식은 먹지 않겠다고 숨어 살던 수양
산에서 내려오는 물은 물이 아니라 그들의 원한 어린 눈물이다. 그 눈물
이 밤낮 쉬지 않고 여흘여흘 흘러내리는 뜻은 오늘날 나라를 위한 충성
심이 옛날에 비해 부족하다는 것을 서러워하는 것이다.

위 시조의 작가는 본관이 남양, 호는 화포(花浦)인 홍익한이다. 후
금은 나라이름을 청이라 고치고 조선에 조공 바칠 것을 요구하자 홍
익한을 위시한 명나라를 떠받드는 대신들은 청의 요구를 한마디로
거절해 버렸다. 이에 청나라는 12만 대군을 이끌고 압록강을 건너
조선에 쳐들어 왔다. 이게 바로 병자호란이다. 이때 인조는 남한산성
으로 들어가서 45일을 버티다가 드디어 청 태종 앞에 나아가 항복한
것이 병자치욕이다.
  청은 조선의 항복을 받고 물러가면서 그동안 청나라에 반대하고

끝까지 항전할 것을 주장한 소위 삼학사, 즉 홍익한, 윤집, 오달제 등을 심양에 잡아가서 처형했다. 그러나 이들은 단순히 명을 떠받들고 청을 싫어하는 사대주의자라기보다는 애국충절의 서릿발 같은 기상을 보이고 청에 잡혀 가서도 조금도 굽힘이 없이 죽음을 우습게보고 나라를 위해 목숨을 초개같이 버린 애국지사들이었다.

특히 홍익한은 병자호란으로 두 아들과 사위를 적의 칼에 잃었고, 아내와 며느리마저 적에게 붙잡혔다. 그러자 홍익한의 부인은 자결로 정조를 지켰고, 늙은 어머니와 어린 딸만이 살아남았다. 청나라에서 죽은 후 조정에서는 영의정에 추증하였다.

이 책 〈시조이야기〉에 시조는 소개하지 않았지만 홍익한 외에 오달제, 윤집 등 병자 삼학사의 나머지 선비들도 잠시 소개한다. 먼저 윤집은 청나라 군사들이 청에게 끝까지 항전을 주장한 대신들을 보내라 하여 최명길이 명단을 작성하고 혹시 빠진 사람이 있으면 알려달라고 했다. 대신들이 겁이 나서 가만히 입을 다물고 있으니 윤집은 웃으며 "죽고 사는 것은 운명이다. 대장부로서 어찌 이름을 숨기랴."면서 앞으로 나아갔다고 한다. 그 후 심양에 잡혀간 윤집은 오달제, 홍익한 등과 더불어 뜻을 돌리라는 청(淸) 장수 용골대의 끈질긴 협박과 회유를 받았으나 "몸을 굴복하는 것은 죽는 것보다 더 더러운 것이다."며 뜻을 굽히지 않다가 그해 4월에 성문 밖으로 끌려 나가 사형 당했다 한다.

스물아홉 살 꽃다운 나이로 저 세상 사람이 된 천추만대에 애국지사로 추앙받는 오달제가 있다. 본관이 해주, 호가 추담(秋潭)인 오달제는 병자호란이 일어나기 전부터 무리한 요구를 해오는 청나라를 정벌하자는 의견을 내놓은 혈기왕성한 문신이었다. 그는 심양에 끌려가서도 용골대가 그를 무척 아껴 항복하면 살려주겠다고 했으나 "선비는 같은 하늘 아래서 두 임금을 섬길 수 없다."며 끝까지 그의 의지를 굽히지 않았다 한다.

심양에 끌려간 오달제는 자기가 죽을 것을 알고 아내를 위해 지었다는 다음의 슬픈 한시(漢詩)가 전해온다.

정이 깊어 금슬이 좋았는데
만난 지는 두 해도 못 되었네
만리 먼 길을 헤어졌으니
백년해로 하잔 말도 빈 말이었네
땅은 넓어 편지도 보내기 어렵고
산 멀어 꿈도 더디네
내 목숨 어찌될지 알수 없으니
뱃속의 아이를 잘 부탁하오
(琴瑟因情重… 守護腹中兒)

도연명 죽은 후에 또 도연명이 났단 말이
밤[栗]마을 옛 이름이 맞추어 같을 시고
돌아와 수돌 전원이야 거오 내오 다르랴

※**해설** : 진나라 때 시인 도연명이 죽고 난 후에 또 도연명이 태어났단 말인가? 그가 숨어 살던 마을과 내가 사는 마을 이름이 맞아 떨어졌네. 벼슬을 버리고 자기의 옹졸함을 지키고자 전원으로 돌아가 살던 그 사람이나 나나 다를 게 무어람.

대막대 너를 보니 유신(有信)히도 반갑구나

나도 아해 적에 너를 타고 다니더니

이제는 창 뒤에 섰다가 날 뒤 세우고 다녀라

※**해설** : 대막대 너를 보니 믿음직하고 반갑구나. 나도 아이 적에 너를 타
고 놀았는데 이제는 창문 뒤에 있다가 나를 뒤에 세우고 다니는구나.(나
의 지팡이가 되었구나.)

위의 시조 2수는 조선 중기의 문신 죽소(竹所) 김광욱의 시조이다.
죽소의 본관은 안동, 선원 김상용, 청음 김상헌의 재종질이다. 용모
와 행동거지가 옥같이 단정하였으나 교우 범위가 그다지 넓지는 못하
였다.

(2011.)

49 어전에 실언하고

1637년 병자호란이 종결되자 청나라 군대는 소현세자와 봉림대군을 볼모로 잡아 청나라로 끌고 갔다는 얘기는 앞에서 했다. 인조의 셋째 아들 인평대군은 끌려갔으나 이듬해에 돌아왔다. 소현세자와 봉림대군은 8년 동안 청에 잡혀 있었지만 그들은 그곳에서 완전히 다른 길을 걷고 있었다. 소현세자는 청의 문물을 놀라움으로 대하면서 새로운 문물과 사상을 어떻게 뒤떨어진 조선의 개혁에 응용할 수 있을까에 전념하였고, 봉림대군은 철저한 반청주의의 길을 걷고 있었다.

먼저 귀국한 형 소현세자가 갑자기 죽었다는 소식을 듣고 돌아와 세자에 책봉되어 후일 인조가 죽자 뒤를 이은 조선 제17대 효종이 되었다.

왕위에 오르자마자 청에 대한 복수심으로 불타던 31세의 젊은 봉림대군(효종)은 곧 친청 세력을 몰아내고 척화론자들을 중용하여 북벌계획을 강력하게 추진하였으나 실행에는 옮기지 못했다.

맨 먼저 제거해야할 인물은 친청파의 우두머리 김자점이었다. 김자점은 인조의 후궁 조씨와 결탁하여 안 그래도 소현세자의 친청(親淸) 행동에 대해 유감이 많던 인조를 꼬드겨 더욱 사이가 멀어지게

이간질을 시켰다. 김자점은 자기의 후원자가 죽고 효종이 임금 자리에 올라 반청파를 등용하자 설 자리가 없었다. 그는 복수심에 불타는 새 임금 효종이 청나라를 치려 한다고 청에 고발도 했다. 유배길에 오른 김자점은 조씨와 짜고 자기 아들과 역모를 꾀하다가 발각되어 그의 아들, 조씨와 함께 죽었다. 김자점 세력을 완전 소탕한 효종은 이완, 원두표 등을 중용하여 본격적인 북벌 계획을 준비했으나 재정이 빈약하여 실천에 옮기지는 못했다.

어전(御前)에 실언(失言)하고 특명(特命)으로 내 치시니
이 몸 갈데없어 서호(西湖)로 찾아가니
밤중만 닻 드는 소리에 연군성(戀君誠)이 새로워라

※**해설** : 임금님 앞에서 실언을 하고 물러가라고 내 치시니 이 몸이 갈 데가 없어 서호(西湖)로 찾아갔다. 밤중에 닻 드는 소리를 들으니 임금님 그리워하는 심정이 더 새로워지는구나.

위의 시조 작가는 유포(柳浦) 구인후이다. 어려서 예학(禮學)의 거두 사계 김장생의 문하생이었고 병자호란 때는 남한산성에 들어가서 국왕을 호위하였다. 위의 시조를 보면 옛날 신하가 얼마나 임금의 사랑을 받고자 했던가, 신하는 임금 옆에 있는 애완동물이라 해도 지나친 말이 아닐 것이다. 어떻게 하든지 주인의 사랑을 받으려고 하는 애완견(愛玩犬) 바둑아―. 오늘날 민주주의 개념으로 보면 지나친 군신유의(君臣有義)는 저리가라고 뿌리치는 데도 사랑해 달라고 달려드는 비굴하기 짝이 없는 인간형이다. 그러나 그때 그 시절의

윤리도덕관으로 보면 군신은 한 몸뚱이, 쫓겨나서도 임금을 그리워하는 심정은 너무도 당연한 것이다.

금준에 가득한 술을 슬커장 기울이고
취한 후 긴 노래에 즐거움이 그지없다
어즈버 석양이 진(盡)타마라 달이 쫓아 오노메

※**해설** : 술독에 가득한 술을 실컷 기우려 마시고, 취한 후에는 긴 노래를 뽑아대니 그 즐거움이 그지없구나. 아, 해가 넘어간다는 말 하지 말아라. 달이 뒤쫓아 솟아오른다.

위는 조선 중기, 후기의 문인 동명(東溟) 정두경의 작품이다. 정두경은 이항복의 문인으로 여러 번 벼슬이 내렸으나 모두 거절하고 나아가지 않았다. 조선판 〈청산에 살으리라〉이다.

서호(西湖) 눈 진 밤에 달빛이 낮 같은데
학장을 녀믜혀고 강고(江皐)로 내려가니
봉해(蓬海)에 우의선인(羽衣仙人)을 마주 본 듯 하여라

※**해설** : 서호에 눈 그친 밤에 달빛이 낮같이 밝은데 학장이라 불리는 옷을 여미어 잡아 올리고 강 언덕으로 내려가니 신선들이 산다는 동네에서 날개가 달린 신선을 마주 본 듯 하구나.

위의 시조는 본관은 양천, 호는 동호(東湖), 효종 때 선천 부사를

거쳐 승지와 부윤을 역임한 허정의 작품이다. 시조 작품이 몇 수 전하
며 특히 곡창(曲唱)에 뛰어났다 한다. 위의 시조는 아무리 읽어도 어
딘지 속이 텅 비었다는 그런 생각이 드는 시조다.

새벽 비 일찍 갠 날 일어나라 아이들아
뒷산에 고사리 하마 아니 자랐으랴
오늘날 일찍 꺾어 오너라 새 술 안주하리라

새벽에 비가 일찍 끝난 날, 애들아 일어나거라. 뒷산 고사리 벌써
많이 자랐겠지. 오늘은 좀 일찍 꺾어 오너라. 새 술 안주하고자 한다.

시골 생활의 한가로움을 노래한 시조로 작가는 정성군으로만 알려
진 어느 종실(宗室)이다. 이와 같이 뒷산에 고사리 꺾어 새 술 안주
한다느니, 동산에 달 오르니 어서 술상 차려 오라느니 하는 것은 어디
까지나 양반의 생활에 한정된 것이라는 것을 잊어서는 안 된다.

(2011. 5.)

50 내 벗이 몇이나 하니

효종은 북벌의 뜻을 이루지 못하고 41세를 일기로 세상을 떠났다. 그는 심양에 볼모로 잡혀가 있을 때 심양에서 태어난 맏아들이 왕세손에 책봉되었다가 왕위에 오르니 그가 바로 현종이다.

현종은 왕위에 오르자마자 아버지 효종의 상(喪)을 어떻게 치러야 하느냐는 문제를 두고 남인과 서인의 치열한 예론(禮論) 싸움에 휘말렸다. 남인들은 주로 영남학파의 주리론을, 서인은 기호학파의 주기론을 주장하는 학문적인 대립을 벌였으나 현종대에 와서는 정치 논쟁으로 번졌다. 겉으로는 간단해 보이나 여간 복잡한 문제가 아니다. 효종이 죽자 인조의 계비가 어떤 상복을 입어야 하는가 하는 문제가 예송의 핵심이다. 효종이 인조의 맏아들이었다면 아무 문제가 없었겠지만 그가 둘째 아들이었기 때문에 상을 당하여 입는 상복이 시비거리가 된 것이다.

서인의 송시열과 송준길은 효종이 둘째 아들이므로 기년복(朞年服 : 1년)을 입어야 한다고 주장하고 남인의 거두 허목과 윤휴는 효종이 비록 둘째 아들이지만 왕위에 앉았던 사람이므로 장남과 다름없기에 3년 상복이어야 한다고 주장했다. 요즈음 세상, 김영삼 전 대통령의 말을 빌리면 둘 다 모두 아무 "씰 데 없는" 헛공론이다.

이때의 주심[referee] 현종은 서인의 손을 들어 주었다. 기년상(1년)을 주장한 서인이 이긴 것이다. 그 결과 남인의 기세는 꺾이고 시국은 잠잠해졌다. 그러나 효종의 부인이 죽자 예론 정쟁은 다시 일어났다. 그런데 이번에는 주심 현종은 남인의 손을 들어주어 그 결과 서인이 실각하였다.

죽은 사람 장사 지내는 절차 하나를 두고 서인과 남인 간에 있었던 하나의 정치 싸움에 지나지 않은 것 같으나 그보다 훨씬 심각한 것이었다. 쓸데없는 일에 국력을 소모했다고는 볼 수 있으나 효종의 치세 시절에 그만큼 전쟁이나 난리가 없고 비교적 사건이 없는 시절이었기 때문에 이런 헛공론에 시간과 정력을 기울일 수 있었다는 말도 된다. 예송 시비는 효종과 효종부인의 복상 기간을 두고 일어난 왕실의 장례 절차에 지나지 않은 것 같지만 내면적으로 보면 예(禮)를 최고의 덕으로 보는 성리학의 핵심문제, 또한 효종의 왕위 계승에 대한 정당성을 묻는 문제였다. 그러므로 예송(禮訟)은 단순한 장례 절차에 관한 논쟁이 아니라 학문과 사상을 매개로 한 율곡학파로 대표되는 서인과 퇴계학파로 대표되는 남인 간에 벌어진 격식 높은 정치 싸움이었다.

내 벗이 몇이나 하니 수석과 송죽(松竹)이라
동산에 달 오르니 긔 더욱 반갑고야
두어라 이 다섯 밖에 또 더하여 무엇하리

※**해설** : 내 벗이 몇이나 될까 생각해 보니 수석과 송죽일세. 아 이제 막 동산에 달이 떠오르니 금상첨화, 그것 또한 반갑구나. 내가 좋아하는 수, 석, 송, 죽, 달이면 그만이지 또 더 있은들 무엇하겠느냐.

위의 시조는 고산(孤山) 윤선도가 지은 오우가(五友歌) 산중신곡의 일부로서 자연에 대한 사랑을 노래한 것이다. 물[水], 돌[石], 소나무[松], 대[竹], 달[月]을 노래하는 오우가의 서시이다. 윤선도는 송강 정철과 더불어 조선 시가(詩歌) 문학의 으뜸가는 분이다.

어려서부터 사람 됨됨이와 타고난 성품이 특이하고 총명하고 기상이 숙연해 많은 사람들의 칭찬 속에서 자랐다. 26세에 진사시험에 급제한 고산은 이이첨 등이 광해군을 업고 정권을 제 마음대로 주무르는 것을 볼 수 없다고 생각한 나머지 격렬한 상소를 올렸으나 그 결과 오히려 그가 유배길에 오르게 되었다. 고산이 서른 살 때 일어난 일이다.

8년간 귀양살이에서 풀려난 고산이 해남에서 은거하던 중 봉림대군(후일의 효종)과 인평대군의 스승이 되어 인조의 두터운 신임을 받았다. 그러나 그를 시기하는 사람들의 모함으로 벼슬을 내놓고 향리 해남으로 돌아왔다. 병자호란이 일어나고 인조가 남한산성으로 피난을 갔다는 소식을 듣고 의병을 일으켜 남한산성으로 가려했으나 삼전도 항복이 이루어진 후였다. 이 치욕적인 소식을 듣자 이제는 세상을 등지고 살 목적으로 제주도로 가는 길에 보길도(현 완도군 노화면)에 이르러 보길도의 아름다운 경치에 반해 그곳에 집을 짓고 영구히 머물렀다고 전한다.

52세 때는 벼슬이 내렸는데 응하지 않았다해서 또 유배를 갔다. 그 사이 산중신곡 18수를 썼다. 그 산중신곡에는 고산이 당쟁과 모함에 염증을 느끼고 산수 간에 노닐며 한가롭게 살겠다는 의지가 담겨 있다.

산수간 바위 아래 띠집을 짓노라 하니
그 모를 남들은 웃는다 한다마는
어리고 향암(鄕闇)의 뜻에는 분(分)인가 하노라

※**해설** : 산수간 바위 아래 띠집을 지으려 하니 그 마음을 모르는 남들은
비웃기만 한다마는 어리석고 무식한 시골 사람의 생각으로는 이것이 내
분수에 맞는 것이 아닌가 하는 생각이 드네.

(2011. 5.)

51 잔 들고 혼자 앉아

잔 들고 혼자 앉아 먼 뫼를 바라보니
그리던 님이 오다 반가움이 이러하랴
말씀도 웃음도 아녀도 못내 좋아 하노라

※**해설** : 술잔 잡고 혼자서 먼 산을 바라보니 보고 싶은 임이 온다한들 이
렇게 반가울까. 말도 웃음도 아니라도 너무 너무 좋은 걸!

　혼자서 술잔을 들고 먼 산을 바라보는 것이 그리운 임을 만나는
것보다 더 반갑다는 문자 그대로 자연 속에 내가 있고 내 속에 자연이
있는 경지를 노래한 것이다. 고산은 자연 속에 살면서 자연을 객관적
으로 즐긴 것이 아니라 자연 속에서 자연을 발견하였다. 예로, 산중
신곡 중 오우가(水, 石, 松, 竹, 月)는 그 자체가 자연의 일부가 아니
라 자연 그대로의 소리요 노래인 것이다.
　당시 서인들에게 자리를 빼앗기고 남인의 거두로 치열한 당쟁 속
에서 거의 평생을 유배지에서 보낸 고산은 자연의 품에 안기는 것은
어머니 품에 안기는 어린 아이가 느끼는 안정과 같은 위안이었다.
고산의 자연을 노래한 시조 몇 수를 더 더듬어 보자.

월출산(月出山)이 높더니마는 미운 것이 안개로다
천왕(天王) 제일봉을 일시에 가리었다
두어라 해 퍼진 후면 안개 아니 걷으랴

※**해설** : 전라남도 영암에 있는 월출산이 높으나 안개가 끼어 볼 수가 없으니 안개가 밉네. 제일 높은 봉우리인 천왕봉을 일시에 가리는구나. 가만 있거라. 해가 퍼지고 나면 안개도 걷혀지겠지.

석양 넘은 후에 산기(山氣) 좋다마는
황혼에 가까우니 물색(物色)이 어둡는다
아희야 뱀 무서운데 다니지를 말아라

※**해설** : 저녁 해가 넘어가고 나니 산 기운이 좋구나. 황혼이 가까워오니 풍경이 어두워지네. 얘들아 뱀이 무서우니 너무 나다니지 말아라.

엄동이 지났느냐 설풍(雪風)이 어디가리
천산만산(千山萬山)에 봄기운이 어리었다
지게를 신조(晨朝)에 열고서 하늘빛을 보리라

※**해설** : 추운 겨울이 지났느냐 눈바람이 어딜 갔느냐. 이산 저산 수많은 봉우리에 봄기운이 어리었다. 지게문을 이른 새벽에 열고서 하늘빛을 보리라.

고산은 30세에 시작하여 80세에 이르기까지 거의 평생을 귀양살이를 하였다. 귀양을 갔다가는 풀려나고 풀려났다가는 또 귀양길에 오르고… 강직한 상소를 올렸기 때문에 유배 길에 오른 적도 있고 내려진 벼슬에 응하지 않는다 해서 유배 길에 오른 적도 있다. 74세 되던 해 삼수(三水)로 유배를 갔으나 광양에서 풀려 보길도로 가서 시작(詩作)에 전념하다가 82세로 세상을 하직하는 눈을 감았다.

해남의 윤고산 집은 상당한 재산이 있었기 때문에 그는 보길도에서 화려한 생활을 할 수 있었다. 〈나의 문화유산 답사기〉라는 좋은 책을 펴낸 유홍준 교수에 의하면 고산의 집 재산이 많게 된 것은 고산의 고조부 어초은(漁樵隱) 윤효정의 처가에서 건너온 재산이라고 한다. 좀 더 자세히 얘기해 보자. 본래 해남의 부자는 해남 정씨였다.

우리 사회의 상속제도는 자손에게 차등 분배하는 것이 민법상의 규정이었는데 그 이전에는 장자 상속과 자손균분이 나란히 있었다. 앞에 말한 것처럼 임진왜란 이전 해남의 재벌은 해남 정씨였다. 그러나 선대의 예에 따라 자손균분의 상속으로 해남의 많은 토지가 해남 윤씨, 그러니까 윤선도의 4대 할아버지에게 시집 온 딸에게 떼어 주었다. 처갓집 덕분에 큰 벼락부자가 된 윤효정은 일찍이 장자 상속을 시행하고 해남 윤씨의 재산은 눈덩이처럼 불어나게 되었다.

이리하여 신흥 갑부가 된 해남 윤씨 집에는 이 재력을 바탕으로 해서 인물이 배출되기 시작하니 어초은의 4대손에 이르러 고산이 나오고, 그의 증손자 대에서는 조선 후기 속화(俗畵)양식을 제시한 선비 화가 윤두서가 나왔다. 윤고산이 정치적으로 남인이었기 때문에 노론이 주도하는 정국에서 정치적으로 큰 인물이 나오지는 못했지만 그보다 더 값진 천추만대에 길이 빛날 가사문학을 낳은 윤선도가 나온 것은 큰 다행이라 생각된다.

끝으로 우리나라 유명 시인들의 묘나 기념비에 새겨진 비음을 모아 책으로 펴낸 함동선 교수의 〈명시의 고향〉에 적혀있는 고산 윤선도에 관해 적힌 비음을 옮겨 적는다.

윤선도는 1589년 해남에서 출생하였으며 자는 약이, 호는 고산이요 이조 때의 시조작가로 광해군 4년에 진사로 벼슬길에 올랐으나 모함에 걸려 오랜 유배생활을 하다 인조반정으로 풀려나 향리에서 시작(詩作)생활을 했으며 특히 단가의 표현의 묘는 극치를 이루었다. 1671년에 졸하고 4년 뒤 이조판서의 증직을 받았다.

(2011. 5.)

52 동창이 밝았느냐

　제18대 임금 현종은 왕위에 오르자마자 예송(禮訟) 시비에 휘말려 골머리를 앓다가 33세 청춘에 세상을 뜨고 그의 외아들 숙종이 왕위를 이었다. 숙종 시대는 조선왕조를 통틀어 당파싸움이 가장 심했던 기간. 서인은 노론, 소론으로 갈리고, 남인과 권력다툼은 점점 더 악질적으로 변해갔다. 정권을 빼앗으며 뺏긴 쪽은 피를 보고 숨을 죽였다가 세월이 흘러 상황이 바뀌면 또 다른 쪽이 정권을 다시 빼앗고… 싸움은 당대에서 끝나는 것이 아니요, 대를 물려가며 하는 싸움이었다.

　숙종은 비상한 정치적 수완을 가진 임금. 큰 교회를 세운 수완 좋은 성직자들처럼 이놈 등 한번 툭툭, 저 놈 한번 토닥거려 주며 반대세력 사이를 이리저리 휘젓고 다니며 왕권을 회복, 임진왜란, 병자호란 후 혼란스러워진 사회를 차차 안정된 사회로 만들었다. 하지만 주위의 여자관리를 잘 하지 못해서 수많은 옥사를 일으키기도 했다.

　숙종이 왕위에 있는 동안 크고 작은 사건이 얼마나 많았을까? 이윤우가 쓴 〈최숙빈의 조선사〉라는 영조를 낳은 최 무수리에 관해 쓴 책을 보면 다음 사건들이 일어난 순서대로 적혀있다. 이 사건의 대부분이 조정 신하 몇 십, 혹은 몇 백이 죽거나 귀양길에 오른 것을 기억하면 숙종은 억세게도 풍파가 많았던 임금이다. 그 사건의 이름만 적어 보자. 기해 예송, 갑신 예송, 갑인 환국, 홍수의 변, 경신 환국, 임술고변, 기사 환국, 갑술 환국, 신사옥사, 정유 독대.

환국(換局)은 시국 혹은 판국이 바뀐다는 말이다. 숙종 때 일어난 수많은 환국에서는 한 붕당 세력이 쫓겨 나가면 그 세력과 적대 관계에 있던 붕당이 집권당으로 들어앉고 보통 정치적 보복이 일어나 수백 명의 선비들이 죽거나 귀양길에 오르거나 숨어 버린다. 정치에서 KO라는 영원한 승리는 없다. 쫓겨났던 당이 세월이 흘러 몇몇 유능한 후손들이 다시 일어서서 반대당을 몰아내니 싸움은 대(代)를 물리며 하는 것이다.

동창이 밝았느냐 노고지리 우지진다
소치는 아이놈은 상기 아니 일었느냐
재 너머 사래 긴 밭을 언제 갈려 하나니

※**해설** : 동쪽 창문이 밝아오고 종달새도 지지배배 지저귄다. 소먹이는 아이 녀석은 아직도 일어나지 않았느냐. 재 너머 있는 이랑이 긴 밭은 언제 갈려고 아직도 늑장을 부리고 있느냐.

삼척동자, 초등학교를 다니고 위의 시조를 모르는 사람은 없을 것이다. 봄철이 되어 활기차고 부산하게 움직이는 농촌의 광경을 비디오로 찍어 보여주는 것 같다. 이 시조를 지은 약천(藥泉) 남구만은 사마시 별시 문과에 급제한 후 나중에 영의정에 올랐다. 정권이 바뀌어 남인 세상이 되자 남구만은 강릉으로 유배되었다가 소위 갑술옥사

뒤에 다시 영의정에 올랐다. 장희빈 사건이 터지자 그녀에게 벌을 가볍게 주자고 주장했다가 반대파의 공격을 받아 벼슬에서 물러나서 학문에 전념하였다.

약천이라는 남구만의 호는 강원도 강릉으로 유배 가는 도중 강원도 동해시 약천동에서 연유한다. 약천동에는 '약천'이라는 샘물이 있었는데 그 샘물의 이름을 따서 자신의 호를 삼고 그 우물 근처에 집을 짓고 제자들을 가르쳤다.

추수(秋水)도 천일색이요 용가 범중류(泛中流)라
소고일성(簫鼓一聲)에 해만고지 수혜로다
우리도 만민(萬民) 데리고 동락(同樂) 태평하리라

※**해설** : 가을철 맑은 물과 하늘과 같은 색이요, 임금이 타는 배는 흐르는 물 가운데 떠있네. 퉁소불고 북치는 소리에 쌓이고 쌓인 근심 걱정이 다 풀리는 구나. 우리도 만백성과 함께 태평성대를 누려볼까나.

위는 숙종이 지은 시조다. 14세의 어린 나이로 왕위에 올라 46년간 그 자리를 지켰다. 효종의 부인 인선왕후가 죽자 송시열을 위시한 서인들과 남인들은 장사 지내는 절차 문제로 새로이 충돌하였다. 송시열을 선두로 서인 세력이 복상(服喪)문제를 들고 나오자 남인 지지 세력인 영남학파의 진주 유생들이 송시열의 예론에 반대했고, 이에 기호학파를 지지하던 유생들은 송시열을 지지하며 진주 유생들을 공격했다. 이 때문에 온 나라가 예송 논쟁의 싸움터가 되었다.

님이 헤오시메 나는 전혀 믿었더니
날 사랑하던 정을 뉘손데 옮기신고
처음에 믜시던 것이면 이대도록 설우랴

※**해설** : 임이 나를 생각해 주시기에 나는 전적으로 믿었더니 나에게 꽃 핀
정(情)을 누구에게로 옮겼는고. 처음부터 날 미워하였더라면 이토록 서
럽지는 않았을 걸.

　위의 시조는 송시열의 창작이다. 사랑하던 님이 다른 데로 눈을
돌린데 대한 서러움과 아픔 그리고 그 속에 배어든 질투심이 잘 나타
나 있다. 질투심은 왜 생기는 것일까. 진화 심리학적으로 보면 자기
와 관계를 맺고 있는 사람이 다른 사람에게 사랑을 쏟음으로써 자기
종족 전수의 가능성이 줄어들기 때문에 이를 막기 위한 방책이라고
볼 수 있다.

　질투심이 여자와 남자가 다르게 나타난다. 여자는 자기 남자가 다
른 여자에게 정서적(혹은 감정적)으로 빼앗기는 것을 제일 싫어하는
반면 남자는 자기 여자가 다른 남자에게 육체적으로(혹은 성적으로)
빼앗기는 것을 제일 싫어한다. 진화심리학으로 그 원인을 설명할 수
있겠으나 생략한다.

　우암은 여러 번 중앙 무대에 나가서 때로는 관직을 박탈당하기도
하고, 또 때로는 스스로 고향에 물러나서 은거하기도 했다. 청나라
임금이 우암의 문장에 반하여 중국의 성인, 공자, 맹자, 노자 등에만
붙이는 '자(子)'를 송시열에게 붙여 '송자(宋子)'라 했다 전한다. 송시
열의 문집이 〈송자(宋子大全)〉이라 함은 여기에서 비롯된 것이다.

그러나 그의 지나친 아집 때문에 그의 제자 윤증, 그의 스승 송준길, 남구만 등 가까이 지내야할 사람들과 화합하지 못했다. 장희빈 일로 왕의 노여움을 사서 제주도로 귀양 갔다가 재심을 받기 위해 서울로 오던 중에 전라북도 정읍에서 사약을 받고 죽었다. 향년 83세 ―. 묘소는 현재 충북 괴산군에 있다.

(2011. 5.)

53 늙기 설은 줄을 모르고

　14세의 어린 나이로 왕위에 올라 친히 나라를 다스린 숙종은 59세의 천수(天壽)를 누리다가 저 세상으로 갔다. 그가 25세쯤 되었을 때 장옥정(후일 장희빈)을 알게 되었고, 왕이 27세 때 장옥정은 아들 균을 낳고 왕의 사랑을 독차지하였다. 그러나 두 사람의 애정은 순탄하지 못했다. 서인은 송시열을 옹호하는 사류의 노론과 윤증을 옹호하는 사류의 소론으로 갈려 정국이 혼탁해졌다. 대신들은 왕비 민씨가 나이가 많지 않다는 이유로 장옥정의 승격과 그녀의 아들 균의 세자 책봉에 맹렬히 반대하였다.

　이후 장옥정은 희빈으로 승격되고 균은 세자에 책봉되었다. 나중에 숙종은 본처 민비(인현왕후)를 폐출한 것을 후회하고 장희빈에게 사약을 내리고 장희빈의 오빠, 궁인, 무녀 등 많은 사람들을 사형시켜 버렸다. 이로써 일개 궁녀에서 희빈으로 승격, 희빈에서 왕비 자리에 오르기까지 했던 장희빈은 43세 되던 나이에 자기 남편(숙종)이 내린 사약을 받고 죽었다.

　숙종의 치세 때는 당쟁 시비, 특히 격(格)높은 예송(禮訟)에 휩싸여 정국에 회오리바람이 몇 차례나 불었다. 그러나 오늘날 우리들은 예송이니 뭐니 하는 싸움에는 별 관심이 없고, 안방 텔레비전에 비치는 드라마, 즉 숙종과 장희빈을 둘러싼 애정싸움, 음모와 모략에 더 큰 관심을 보인다.

　지금부터 꼭 52년 전, 이서구가 쓴 〈장희빈〉이라는 사극이 인기를 모으고 같은 해 이서구가 노랫말을 쓰고 권오승이 5선지에 곡을 담아 가희(歌姬) 황금심이 노래를 취입한 주제가 〈장희빈〉 역시 큰 인기를 모았다.

　　구중궁궐 긴 마루에/ 하염없이 눈물짓는 장희빈아
　　님 고이던 그날밤이 차마 그려/ 치마폭에 목메이는가//
　　대전마마 뫼시던 날에/ 칠보단장 화사하던 장희빈아
　　버림받아 푸른 한에 흐느껴서/ 화관마저 떨리는가

　　늙기 설은 줄을 모르고 늙었는가
　　춘광(春光)이 덧이 없어 백발이 절로 낫다
　　그러나 소년 적 마음은 감(減)한 일이 없어라

※**해설** : 늙기가 서러울 줄 모르고 늙은 것은 아니다. 봄빛이 속절없이 빨리 지나 어느 덧 백발이 저절로 된 것을! 그러나 소년 시절의 어린 마음은 줄어든 적이 한 번도 없는 것을―.

　조선 숙종 때의 시인이요 정3품 벼슬을 지낸 김삼현의 시조다. 시조 6수가 전해오는데 장인 주의식과 함께 관직에서 물러나 한가롭게 살았다고 전한다.

인생을 생각하니 한바탕 꿈이로다
좋은 일 궂은 일 꿈 속에 꿈이어니
두어라 꿈같은 인생이 아니놀고 어이하리

※**해설** : 인생은 한바탕 꿈. 좋은 일도 꿈. 언짢은 일도 꿈. 모두가 꿈이네.
어차피 꿈인 바에야 실컷 놀아보기나 하자.

어딘지 그의 사위 김삼현과 뜻이 통하는 데가 있는 주의식의 시조
다. 불교에서는 인생의 무상함을 일러 "인생은 꿈이요, 꼭두각시요,
물거품이요, 그림자요, 이슬이요, 번개의 육여(六如)라고 했다. 옛날
이나 지금이나 변함없는 말이다. 주의식의 시조를 한 수 더 더듬어
보자.

창밖에 아이들이 와서 오늘이 새해요 하거늘
동창을 열쳐보니 예 돋던 해 돋았다
아이야 만고(萬古) 한 해니 후천(後天)에 와서 일러라

※**해설** : 창 밖에 아이들이 와서 "오늘이 새해여요." 하기에 동창을 열어젖
히고 보니 이전에 돋았던 바로 그 해가 올해도 돋았구나. 야, 이 녀석들
아! 오래 오래 된 똑같은 해인데 새 해는 무슨 새해냐. 다음 세상에 와서
일러다오.

자규(子規)야 울지 마라 울어도 속절없다
울거든 너만 울지 날은 어이 울리는다

아마도 네 소리 들을제면 가슴 아파 하노라

※**해설** : 두견새야 울지 말아라. 울어도 단념할 수 밖에 별 도리가 없다. 울
려면 너만 울지 왜 나까지 울리느냐. 네 울음소리 들을 때면 내 가슴이
아파오는구나.

위의 시조 작가는 소악루(小岳樓) 이류라는 사람이다. 숙종 때 현
감을 지냈다고만 적혀있다. 남긴 시조 3수가 전한다.

청산자부송(靑山自負松)아 네 어이 누웠느냐
광풍(狂風)을 못 이기어 뿌리져져 누웠느냐
가다가 양공(良工)을 만나거든 나 여기있다고 하려므나

※**해설** : 푸른 산에 있는 삐뚤삐뚤 막 자란 소나무야, 네 어이 여기 누웠느
냐. 미친 듯 부는 바람을 이기지 못하여 뿌리가 젖혀져 누웠느냐. 가다가
솜씨 좋은 목수를 만나면 나 여기 있다고 전해 주려므나.

숙종 때 파주 목사를 지낸 정재(淨齋) 박태보의 창작이다. 숙종의
인현왕후 폐비를 반대하다가 심한 고문을 받고 진도로 유배를 가던
길에 죽었다. 학문이 깊고 글씨와 문장에도 능했다.

(2011. 5.)

54 백구야 말 물어보자

백구야 말 물어보자 놀라지 말아스라
명구승지를 어디어디 보았느냐
날더러 자세히 일러든 너와 게가 놀리라

※**해설** : 백구야 놀라지 말아라. 말 한마디 물어보자. 경치 좋은 곳을 어디
어디 가봤느냐. 나한테 자세히 말해주면 너하고 같이 거기 가서 놀려고
한다.

숙종—영조 때의 가인(歌人) 남파(南坡) 김천택의 시조다. 시조집
〈청구영언(靑丘永言)〉을 편찬한 평민 출신이다. 김천택의 노래를 3
수만 더 감상해보자.

남산 내린 골에 오곡(五穀)을 갖춰 심어
먹고 못 남아도 굿지나 아니하면
그 밖에 나머지 부귀야 바랄 줄이 있으랴

※**해설** : 남산 비탈진 곳에 오곡을 골고루 심어, 먹고 남지는 아닐지언정

끊어지지나 않았으면. 그 밖에 나머지 부귀야 바랄 것이 있겠느냐.

세상이 번우(煩憂)하니 강호로나 나가스라
무심한 백구야 오라 하며 가라 하네
아마도 다툴 이 없음은 다만 연가 하노라

※**해설** : 세상이 번잡하고 걱정스러우니 시골로 가자꾸나. 무심한 백구들이
야 오라 가라 하겠는가. 아마도 서로 다툴 이 없는 데는 여기뿐인가 하노
라.

어화 세상사람 이 내 말 들어보소
청춘이 매양이며 백발이 검듯것가
꿈 같은 인세(人世)를 가지고 가없이 살랴 하느니

※**해설** : 세상 사람들이여 내 말 좀 들어 보시오. 청춘이 늘 같은 모양이며
백발이 검어질 줄 아시오? 꿈같은 인간 세상에 태어났는데 어찌 그리 오
래 살려고 발버둥을 치시오?

중앙정치 무대에서는 남인 세력은 줄어들고 바야흐로 서인 세상이
되었다. 소용돌이치는 당쟁에서 아버지 숙종에 의해 어머니가 죽는
것을 목격한 비운의 소년 세자 균이 왕위에 올랐다. 어머니 장희빈이
사약을 받고 죽을 때 그는 14세 소년. 그는 이 사건 후 줄곧 병에
시달렸다.

전해오는 이야기로는 경종의 병은 어머니 장희빈 때문이라고 한

다. 즉 희빈 장씨가 사약을 받기 직전에 마지막으로 자기 아들을 한 번 보고 싶다고 애원, 숙종이 인정에 끌려 허락해줬는데 아들이 어머니가 사약을 받는 장소에 오자 희빈은 재빠르게 아들 균(경종)의 불알을 힘껏 잡아당겨 어린 세자는 그 자리에서 혼절, 그 후 항상 시름시름 하며 남자 구실도 못해서 후사도 없었다 한다.

숙종은 아들 경종이 후사도 없이 매일 병석에 누웠으니 숙빈 최씨(일명 최 무수리: 영조의 생모)와 자기 사이에서 난 아들 영인군(영조)을 후사로 정할 것을 명했다. 이때부터 세자 균(경종)을 지지하는 소론과 영인군(영조)을 지지하는 노론과 싸움이 치열하게 전개되었다. 이런 혼돈 속에서 숙종이 죽자 세자 균이 왕위를 이어받아 조선 제20대 임금 경종으로 등극하게 된다.

경종이 왕위에 오르고서도 아픈 날이 많아지자 노론은 영인군으로 하여금 대리청정을 할 것을 제안하였다. 요컨대 경종에게 나랏일에서 손을 떼라는 말인데 신하들이 왕을 갈아치우겠다는 말을 공공연히 할 수 있을 정도로 신하들의 세력이 더 컸다는 말이다. 소론은 노론의 대리청정 안을 결사반대하였다.

곧 이어 노론 4대신(영의정 김창집, 좌의정 이건명, 조태채, 이이명)이 왕권교체를 기도하고 있다는 상소가 들어왔고 노론 세력은 급속도로 망하게 되었다. 석 달 뒤에는 남인의 서얼 출신 목호룡이 세칭 3급수(急手)(대급수=칼로 살해, 소급수=약으로 살해, 평지수=모함하여 쫓아냄)를 들어 숙종이 죽기 전에 세자였던 경종을 제거하려는 모의를 했다고 고변하였다.

목호룡의 고변이란 무엇인가? 목호룡은 본래 어느 종친의 가노(家奴)였다. 경종 3년, 경종을 독살하려던 노론의 음모를 고발하여 작은

213

벼슬도 얻고 종의 신분에서도 벗어났다. 풍수를 잘 봐서 유명한 지관으로 알려졌다. 그러나 영조가 왕이 된 그 해 역적으로 몰려 자기가 그 어머니 묘비를 써 준 사람의 아들의 손에 죽고 말았다.

이 사건은 노론에 엄청난 타격을 주었다. 우선 노론 4대신이 사약을 받았고, 역모에 연루된 사람이 20여 명, 맞아 죽은 사람이 30여 명, 그밖에 가족이라는 이유로 교살된 사람이 15명, 유배가 115여 명, 스스로 목숨을 끊은 부녀자가 9명, 연좌된 사람이 173명에 달했다. 생모의 죽음을 목격하고 왕위에 올라 4년 2개월을 병석에서 보내다 죽은 경종은 소론과 노론의 싸움으로 항상 피바람이 불고 별 뚜렷한 치적이 없이 재위기간을 보내다 죽었다.

서검(書劍)을 못 이루고 쓸 데 없는 몸이 되어
오십춘광(五十春光)을 해옴 없이 지내면서
두어라 어느 곳 청산(青山)이야 날 꾈 줄이 있으랴

※**해설** : 글과 무(武) 어느 것 하나 못 이루고 아무 것에도 쓸데없는 몸이 되어 50세가 되도록 한 일도 없이 보냈네. 어느 곳에 있던 푸른 산이야 날 꺼려할 이유가 있을까.

위의 시조에서 볼 수 있듯이 김천택은 항상 우리 인생이란 뭣을 해도 별 상관이 없는, 이것도 좋고 저것도 좋은 여유만만디의 낙천적 표정으로 내다보았다.

(2011. 5.)

55 꽃 지자 봄이 저물고

　장희빈의 아들 경종이 죽고 그로부터 5일 후 장희빈의 연적(戀敵)이자 숙종과 궁녀들에게 세숫물을 떠다주던 무수리[水賜] 최 씨 사이에서 난 아들 영인군이 30세의 나이로 왕위에 올랐으니 그가 바로 영조이다. 왕위에 앉은 영조의 첫 과제는 당시 세상에 널리 퍼져있던 의구심 하나, 즉 영조와 노론들이 경종을 독살했다는 의구심을 없애는 것이었다. 이런 의구심은 독살설을 믿는 소론 강경파와 남인들과 타협을 해서 이루어지는 것이 가장 빠른 방법이었겠으나 영조도 노론 세력도 대 타협을 할 생각은 없었다.

　영조는 우선 왕위에 있는 경종을 제거하는 계획에 영조 자신도 가담했다는 설을 퍼뜨리고 노론 4대신을 죽음으로 몰고 간 소론 강경파 김일경을 치죄(治罪)하여 죽였다. 김일경은 국청에 끌려와서도 "시원하게 나를 죽이시오." 하고 버티며 항복하지 않고 끝까지 자기 잘못은 없다며 죽어갔다.

　연이어 목호룡의 고변 사건이 일어났다. 목호룡은 본래 종친 청릉군의 가노(家奴)였음과 동시에 풍수였다. 영조를 낳은 생모 숙빈 최 씨가 48세로 죽었을 때 최씨의 장지를 선정해 준 사람이 바로 목호룡이었다. 목호룡은 이 공으로 속신(贖身)되고 벼슬도 얻었다. 잘 나가던 그가 삼급수 사건을 고변했다가 결국에 가서는 숙종의 아들 영조에 의해 죽음을 당한 것이다.

꽃 지자 봄이 저물고 술이 진(盡)차 흥이난다
역려광음(逆旅光陰)은 백발을 뵈아는데
어디서 망령 엣 것들은 노지 말라 하느니

※**해설** : 꽃 떨어지자 봄이 저물고 술이 다하자 흥이 나네. 지나가는 길손 같이 아랑곳없이 흐르는 세월은 백발을 재촉하는데 어디서 망령된 것들이 놀아서는 안 된다 하는고.

꽃도 피려 하고 버들도 푸르려 한다
빚은 술 다 먹었네 벗님네 가세 그려
육각(六角)에 두렷이 앉아 봄맞이를 하리라

※**해설** : 이제 막 꽃은 피려하고 버들가지도 푸르려 하는 봄이로다. 술 빚어 놓은 것은 다 되었으니 여보시오 우리 가서 한 잔 합시다. 인왕산 부근에 있는 6각 고개에 가서 둥그렇게 앉아 술이나 마시며 봄맞이 파티나 합시다요.

위의 시조 2수는 숙종—영조 때의 가인(歌人) 노가재(老歌齋) 김수장의 창작이다. 고향이 전주인 그는 김천택과 더불어 숙종—영조 때를 대표하는 가인이다. 해동가요를 편찬하였다.
봄이 오면 마음이 이유 없이 설렌다. 공연히 마음 한 구석에 7색

무지개가 떠 있는 듯, 모든 것이 즐겁게 보인다. 모든 생물(生物)이 다시 소생하는 희망의 계절, 천지가 초록으로 뒤덮인 세상, 모든 것이 아름다움의 극치. 옛 시인들은 이를 두고 춘흥(春興)이라 불렀다. 봄이 되면 항상 가슴속은 설레임과 즐거움으로 벅차오르는 것은 아니다. 어딘지 슬프다 할까, 애잔하다 할까. 가버린 사람들, 옛 동무들 생각, 어린 시절에 대한 그리움 등 어딘지 마음을 조용히 가라앉게 하는 근심 비슷한 감정도 봄이 오면 찾아오는 것들이다. 옛 시인들은 이를 춘수(春愁)라 불렀다. 말할 것도 없이 춘흥은 젊은이들의 소유요 춘수는 늙은이들의 것일 것이다. 노가재는 춘수보다는 춘흥을 읊은 것이 더 많을 것이다.

　노가재의 시조는 이처럼 낙관적이고 흥겹고 서민적이다. 화가로 말하면 조선 후기의 풍속화를 많이 그린 단원(檀園) 김홍도처럼 그는 시조의 주제를 주로 서민 생활을 뒤진 것이 많다. 노가재의 시조를 몇 수만 더 더듬어 보자.

　무극옹(無極翁)은 그 누구던가 하늘 땅 주인이런가
　언제 어느 때에 어디에서 난 것인가
　처음도 나중도 모르니 무극(無極) 일시 옳도다

※**해설** : 이 우주를 맡은 신은 도대체 누구인가. 하늘과 땅을 맡은 주인인가? 도대체 어디에서 태어났는고? 처음도 나중도 모르니 무극이라 함이 옳은 것 같다.

　호화(豪華)도 거짓이요 부귀도 꿈이었네

북망산(北邙山) 언덕에 요령소리 긋쳐지면
아무리 뉘우치고 애달파한들 미칠 길이 없으니

※**해설** : 호화스럽다는 것도 거짓말처럼 헛된 것이요, 부귀도 꿈처럼 잠깐 왔다가는 것이네. 북망산 공동묘지 언덕에 상여 앞에서 흔드는 방울 소리 그치면 그때 가서 제 아무리 뉘우치고 애닯다해도 거기 미칠 길이 없네.

환욕(宦慾)에 취한 분네 앞길 생각하소
옷 벗은 어린아이 양지 결만 여겼다가
서산에 해 넘어 가거든 어찌하자 하는다

※**해설** : 벼슬에 대한 욕심에 취한 분들, 앞으로 생길 일을 좀 생각하시오. 웃저고리 벗은 어린아이들이 햇볕 드는 양지에 앉아 그 곳이 늘 양지로 있으려니 여기다가 서산에 해 넘어가고 날이 추워지면 어찌 하려 하오.

(2011. 5.)

56 갈 때는 오마더니

영조는 어머니가 천민(무수리)이라는 신분 때문에 평생을 출신 성분에 대한 콤플렉스에 시달렸다. 자기 아들을 뒤주 속에 가두어 죽인 이해할 수 없는 행동도 이 콤플렉스에서 나왔다고 주장하는 사람들도 있다. 어쨌든 영조는 즉위 초년에 일어난 위기를 슬기롭게 극복하여 83세까지 살았으니 조선 임금 27명 중 가장 오랫동안 왕위에 있으면서(51년 7개월) 가장 오래 산 임금이었다.

'영조' 하면 사람들이 가장 많이 떠올리는 이야깃거리는 자기 아들을 뒤주 안에 가두어 굶겨 죽인 세칭 사도세자 이야기일 것이다. 사도세자의 죽음에 대해서 몇 마디 적어보자.

사도 세자에 관한 시중(市中)에 나온 문헌은 많다. 다음은 대부분 역사학자들이 쓴 문헌을 읽고 내 나름대로 종합한 것이다. 세자는 아버지가 죽으면 자기가 임금 자리에 오를 사람이다. 그러니 임금 자리에 앉기까지는 입조심을 하지 않으면 안 된다. 사도세자도 임금 자리에 앉기까지는 바보처럼 입을 다물고 있어야했다. 그러나 사도 세자는 침묵을 지키기에는 너무나 뜨거운 무인 기질이었다. 세자는 너무 성급히 노론에 거슬리는 말을 했고, 실로 한 나라의 임금도 좌지우지할 수 있는 이 막강한 세력 노론은 세자를 제거하기로 당론으로 정했다. 임금도 무서워하는 노론 세력에 임금 영조가 동조한 것이 비극의 씨앗이었다.

사람들은 뒤주 속 비극은 사도 세자의 정신병 때문이었다고 믿고 있다. 자기 말 안 듣고 반항하고, 이상한 짓 한다고 28세나 되는 다 큰 아들을 뒤주 속에 가두어 죽였다면 그 애비가 정신병 환자인 것이다.

사도세자의 정신병은 사도세자의 부인 혜경궁 홍씨가 〈한중록(恨中錄)〉에서 쓴 시각이다. 어느 사가(史家)의 말처럼 왜 그렇게 되었는지는 모르겠지만 이 〈한중록〉이 국정교과서에 실리고 다른 입장에서 본 것은 실리지 않았기 때문에 대부분 사람들은 혜경궁 홍씨의 시각(정신 이상)만을 진실로 믿고 있다고 한다.

여기서 한 가지 잊어버려서는 안 될 것은 혜경궁 홍씨의 친정아버지, 즉 사도세자의 장인 홍봉한은 노론의 충성파로서 사위보다는 당의 이익을 더 중요하게 여기던 인물이란 사실이다. 당의 이익을 위해서는 나라고, 가족이고 모두가 뒤로 물러나야 한다고 믿는 열성 당원이 저지른 비극일 뿐이다.

뒤주에 갇혀 7일 동안 물 한 모금 마시지 못하고 죽은 사도세자의 아들, 할아버지 영조의 팔에 매달려 아버지를 살려달라고 애원하던 당시 11세 소년이 지금 임금(정조)이 되었으니 자기 아버지를 죽이는데 가담했던 사람들에 대해 원수를 갚고 싶은 마음이 왜 없었겠는가. 〈한중록〉은 정조의 즉위와 사도세자 제거에 가담했다는 혐의로 이번에는 몰락 위기에 처한 혜경궁 홍씨의 친정을 복권하기 위한 정치적 목적을 가진 책이라는 점을 감안하고 극히 제한적으로 받아들여야 한다.

그럼 왜 노론은 사도세자 제거를 당론으로 세웠을까? 어렸을 적의 사도세자는 영조에 의해 독살 당했다는 소문이 파다한 경종의 부인

어씨와 경종을 모셨던 궁녀들 밑에서 자랐다. 그러니 자연히 반(反)노론적인 정치적 견해를 가지게 된 것이다. 한편 사도세자 제거를 당론으로 정한 노론은 끝없이 사도세자 헐뜯기에 나섰고, 사도세자의 비행을 끝없이 부풀려 아버지 영조에게 보고하였다.

한편 혜경궁 홍씨의 친정아버지 홍봉한은 과거(科擧)만 보면 떨어지던 낙방거사. 그러나 자기 딸이 사도세자의 부인이 되자 그 덕으로 대번에 과거에 급제를 한 사람이다. 나중에 사도세자가 왕과 노론의 비위를 거슬러 뒤주 속에 갇히고, 딸이 과부가 될 위기에 처했는데도 당(노론)의 이익을 따라 그 비극을 지지한 인물이었다. 이처럼 권력은 마약이다. 판단을 흐리게 한다.

사도세자가 죽은 후 조정은 두 세력으로 갈라졌다. 당초에는 세자 제거에 가담 지지를 했으나 세자가 죽고 난 다음에는 뒤늦게 세자의 죽음을 동정하게 된 홍봉한을 지지하는 부홍파와 홍봉한을 공격하는 공홍파로 나뉘어졌다. 공홍파의 주축은 당시 15세 어린 나이로 66세의 영조대왕께 시집 온 김한구의 딸 친정 세력이었다. 이 나이 어린 왕후는 사도세자를 죽이는데 적극 가담했고, 정조가 죽고 난 후에는 손자, 손자며느리를 비롯해 수많은 남인들과 천주교도들을 학살하였다.

사족(蛇足) 하나. 사도세자의 능은 지금 수원에 있다. 정조가 양주 배봉산에서 이장한 것이다. 서울에서 88리. 옛날에는 임금이 서울에서 80리 밖으로 나가는 것을 법으로 금했다. 지극한 효자 정조는 88리나 되는 수원을 80리로 우기고 수시로 한(恨) 많은 아버지를 찾아 자주 수원에 행차했다.

갈 때는 오마더니 가고 아니 오는구나
십이난간 바잔이며 님 계신 데 바라보니
남천에 안진하고 서상(西廂)에 월낙토록 소식이 그쳐졌다
이 뒤란 님이 오시거든 잡고 앉아 새우리라

※**해설** : 갈 때는 다시 곧 오겠다고 하더니 가고는 아니 오는구나. 열두 난
간 짧은 거리를 왔다 갔다 하며 임 계신데 바라보니 남쪽 하늘에 기러기
도 다 날아가 버리고 서쪽에 있는 마루에 달이 지도록 소식이 그쳤구나.
이 뒤에는 임이 오시면 꼭 붙잡고 앉아서 밤을 새우리라.

그야말로 가슴을 태우는 그리움이다. 아무리 다정불심(多情佛心)
이라 해도 사랑도 지나치게 사랑해서 정도가 넘는 것은 위험하고 부
담스러울 것이라는 생각이 든다.
위 노래의 작가 김두성은 정조 때의 가인(歌人)으로 생몰연대에 대
한 기록이 없다. 김두성 말고도 영·정조 이후의 많은 조선 후기 가객
들, 이를테면 김무수, 김태석, 김수장, 김천택 등 가객들은 생몰연대
에 대한 기록이 없다. 그들이 일반적으로 한미한 집안 출신이기 때문
에 그런 것 같다.
또 한 가지 말해두고 싶은 것은 영조 말기에 이르러서는 당파 싸움
정도가 도를 넘어섰고, 사도세자의 비극도 이 때문에 일어난 것이
아닌가. 이렇게 혼탁하고 어처구니없는 시국에 영조의 패륜 행위를
나무라는 혹은 지지하는 시조 한 수를 찾아볼 수 없다는 것은 좀 이상
하다. 로마는 불타고 있는데 황제는 술잔을 들고 노래만 하는 격이다.

(2011. 4.)

57 내 몸에 병이 많아

　조선 왕조를 통틀어 가장 훌륭한 업적을 남긴 임금은 누구일까? 사람마다 의견이 다르겠으나 나는 4대 세종대왕이 가장 훌륭한 임금, 그 다음이 정조대왕이라고 생각한다.

　조선왕조에 대한 사극(史劇) 각본을 많이 쓴 신봉승 님을 따르면 정조는 아버지 사도세자의 원통한 죽음을 가슴에 안고 그야말로 빛나는 업적을 남긴 성군이다.

　사도세자의 비극은 처음부터 끝까지가 당파싸움의 희생이었다. 그러니 정조는 만약 아버지 사도세자가 억울하게 죽었다고 생각하는 그의 생각이 영조 귀에 들어가는 날이면 왕이고 뭐이고 세자 자리에서 쫓겨나거나 목숨을 잃게 될 판이었다. 어린 세손이 들에 나가서 장난으로 칼춤동작이라도 한 번 했다하면 세손이 "역적모의를 했다"고 영조 귀에다 속삭이는 간신배들로 가득 찬 조정―. 이런 인적 환경에서 외로운 정조는 왕이 되기 전 24년을 지뢰밭 기어가듯 숨을 죽이고 조심조심 살아온 것이다.

　또 끈질기게 산(정조 이름)을 해치려고 한 인물은 66세 된 영조에게 시집 온 새색시 정순왕후였다. 이 어린 왕후는 노론, 그 중에서도 사도세자의 죽음을 지지하는 벽파(시류를 무시하고 당론에만 치우쳐 있다는 말) 세력과 함께 그칠 줄 모르고 세자를 모함하였다. 만약 이 세자가 왕위에 올라 아버지의 죽음을 지지 동조했던 사람들에게 보복의 칼날을 빼어드는 날이면 자기와 자기 친정은 물론 노론 세력은 끝이라고 생각했으니 그녀의 음해공작은 어느 정도 정당성이 있는 행동이었다. 이러한 노론 벽파의 세손을 살해하려는 갖가지 음모와 모략에도 불구하고 세손 산은 조선 22대 임금으로 등극하여 재위 24년간 세종대왕에 버금가는 조선의 르네상스를 이룩하였다.

정조가 왕위에 오르기 전인 세손 시절은 물론, 그가 왕이 되고나서도 정조의 침실, 다시 말하면 임금이 잠을 자는 그 구중궁궐 침실에 노론 자객이 침입하여 늦게까지 책을 읽던 정조에게 들켜 달아난 적이 두 번이나 있었다. 정조가 세손 시절에 쓴 일기 〈존현각 일기〉에서 "잡거나 놓고, 주거나 빼앗는 것이 전적으로 저 무리들(노론 벽파)에게 달렸으니 내가 두려워 겁을 내고, 의심스럽고 불안해서 차라리 살고 싶지 않았던 마음을 상상할 수 있을 것이다."라고 적었으니 자기 신변에 대한 불안이 얼마나 컸음을 짐작할 수 있다.

정조의 가장 빛나는 업적으로는 규장각의 설립을 꼽을 수 있다. 정조는 채제공, 홍대용 등 현신들과 더불어 규장각을 짓게 하고, 선각자 홍대용의 주청을 받아들여 출신 성분 때문에 출세를 하지 못하고 울분 속에 지내는 당시의 서얼출신, 이를 테면 박제가, 유득공, 이덕무 같은 뛰어난 인재들을 기용하였다. 당시로서는 파격적인 인사이다. 다산(茶山) 정약용, 이가환 등 소외된 남인 계열의 큰 인재들이 정조의 주위를 에워싸면서 홀연히 조정은 활기 넘치는 학술과 문화의 통의 장소로 변했다. 바야흐로 조선의 르네상스가 온 것이다.

이 같은 큰일을 추진할 때 정조 옆에서 그를 충심으로 보필한 핵심

인물은 채제공이라는 이름의 명재상이었다. 아버지 사도세자가 영조로부터 중벌을 받을 무렵 채제공은 상중임에도 불구하고 대궐로 달려와 영조에게 사도세자를 벌주어서는 안 된다고 눈물로 호소를 한 명신이다. 정조는 아버지 사도 세자의 무덤을 양주 배봉산에서 수원으로 옮기고 수원에 성곽을 쌓아 신도시를 건설하였다. 수원성을 쌓는 데는 정약용이 고안한 기중기가 사용되었다는 것은 흥미로운 얘기다.

　　내 몸에 병(病)이 많아 세상에 버림받아
　　시비 영욕을 오로다 잊어마는
　　다만지 청한일벽(淸閑一癖)이 매 사냥이 좋구나

※**해설** : 내 몸에 병(病)이 있어서 세상의 버림을 당하니 옳고 그름과 영화와 치욕은 모두 다 잊었지만, 다만 맑고 한가함을 즐기는 내 이 버릇 때문에 매[鷹] 사냥은 좋구나.

　　숙종 때의 명창 하계(霞溪) 김유기의 창작이다. 이름 높은 작곡가로서 시조를 잘했다. 김천택과 교분이 두터웠으며 해동가요에 시조 8수가 전한다. 숙종, 영조 때가 되면 김천택, 김수장, 김유기 등 명창들이 여기저기서 우후죽순처럼 쏟아져 나오는 것을 볼 수 있다.
　　개인적인 얘기 하나. 고등학교 때 같은 반에 H라는 시조 창(唱)을 잘하는 녀석이 있었다. 그는 창(唱)으로 상당한 인기를 얻어 한몫 보던 녀석이다. 나도 창을 한 번 해볼까 생각했으나 녀석이 하는 걸 봐도 이 마디에서 저 마디로 옮겨 가는데 한 5분은 걸리는 느림보여서 시작해 보기도 전에 포기해 버렸다. 고등학교를 떠난 후 창 분야에 녀석의 이름이 없는 것으로 보아 서양음악에 밀려 벌써 옛날에 그만 둔 모양이다. 좌우간 김천택이나 김수장 같은 명창들이 있었으면 좋 아했을 녀석이다.

(2011. 5.)

58 문 닫고 글 읽은 지가

문 닫고 글 읽은 지가 몇 세월 되었관대
정반(庭畔)에 심은 솔이 노용린(老龍麟)을 이루었다
명원(名園)에 피어진 도리(桃李)야 몇 번인 줄 알리요

※**해설** : 문 닫고 글 읽은 지가 몇 십 년이 되었기에 뜰 가에 심어둔 소나무
가 커서 나무껍질이 용의 비늘을 이루었구나. 그러니 정원에 핀 복숭아
와 오얏나무야 몇 번을 피고 지는 세월이 흘렀겠는가.

매아미 맵다 울고 쓰르라미 쓰다우네
산채(山菜)를 맵다는가 박주(薄酒)를 쓰다는가
우리는 초야에 묻혔으니 맵고 쓴 줄 몰라라

※**해설** : 매미는 맵다 울고, 쓰르라미는 쓰다 우네. 산나물은 맵다하고, 맛
이 좋지 못한 박주는 쓰다고 하지마는 우리는 초야에 묻혀 사니 맵고 쓴
줄을 모르겠네.

위의 시조 2수는 영조 때 현감을 지낸 가인(歌人) 백회재(百悔齋)

이정신이 지은 시조로 알려져 있다. 그야말로 초야에 묻혀 세상 명리 모르고 소박하게 살아가는 정경이 눈에 보이듯 한가로운 노래들이다.

> 감장새 작다하고 대붕아 웃지마라
> 구만리 장공을 너도 날고 저도 난다
> 두어라 일반비조(一般飛鳥)니 네오 긔오 다르랴

※**해설** : 굴뚝새가 몸집이 작다고 하여 한숨에 9만 리를 난다는 대붕새야 비웃지 마라. 구만리 넓고 넓은 하늘을 너도 날고 감장새도 날아다니지 않느냐. 다같이 하늘을 날아다니는 새이니 네나 굴뚝새가 다른 것이 무어냐.

숙종 때 사람으로 무과에 급제하여 평안 병사를 지낸 이택의 시조다. 몸이 약하다는 것을 이유로 미워하는 사람들이 있어서 더 한가한 직책으로 옮겼다가 얼마 안가서 죽었다. 위의 시조는 '작은 고추가 맵다'는 말을 해학적으로 옮겨 논 시조로 볼 수도 있고, 문인은 떠받들고 무인은 멸시하던 당시의 시대풍조를 빗댄 노래로 볼 수도 있다. 아마 후자일 것 같다.

서울 강남 같은 부자 동네 사는 사람들아, 달동네에 사는 우리들을 비웃지 말아라. 너나 나나 하루 세끼 먹고 사는 사람들이 아니냐. 이 시조에서 보여주는 두둑한 배짱과 패기만만한 생각은 금력과 권력이 판치는 사회에 기죽지 않고 살아가는데 매우 필요한 기상이라고 생각된다.

내게 있었던 일화 하나. 내가 한국 E여대에 간 것은 1999년 9월부터 2006년 봄까지였으니 꼭 6년 5개월. 강서구 등촌동 봉제산 아래 어느 작은 콘도미니엄에 살았다. 나는 매 학기 초 내 강의를 듣는 학생들의 주소와 전화번호를 적어내라고 하여 보관하곤 했다. 학생 중에 내 책을 빌려가서 안 가져 오거나, 비상시 연락을 취하기 위한 목적이다. 그런데 내가 E여대에 있는 동안 강서구에 산다고 적은 학생은 그 많은 학생 중에 단 한 사람도 없었다. 왜 그럴까? 내 해석은 다음 두 가지다.

첫째, 강서구에 있는 학교들이 좋질 않아서 E여대에 합격하는 사람이 없어서 그렇다. 둘째, 강서구가 부잣동네가 아니라서 강서구에 산다는 사실은 자랑스러운 것이 못되어서 떳떳하게 어디 산다는 것을 밝히기 싫어서 그렇다. 우리가 처음 서울에 이사를 가서 아내가 동창들을 만나서 "어디 사느냐?"고 묻기에 등촌동이라고 했더니 "왜 그런 데 사니…. 당장 딴 데로 옮겨."라는 말을 대여섯 번 들었던 것을 생각하면 나의 2번째 해석이 사실에 더 가까울 것 같다.

어쨌든 위의 노래 "감장새 적다하고…"는 나같이 강서구 등촌동에 사는 사람들이 자존심과 사기를 올리기 위해 외쳐 볼 수 있는 노래다.

정조 치세기에 일어난 가장 큰 문화 사업의 하나는 실학(實學)사상의 융성이었다. 실학은 조선 후기에 일어난 일련의 현실 개혁적 사상 체계를 말하는 것으로 정주, 성리학에 바탕을 둔 사회체제의 한계성을 극복하고 현실 속에서 얻은 지식을 바탕으로 새로운 시대를 창출하려는 야심을 가지고 있었다. 이수광, 유형원 등의 선구로 시작된 실학은 이익, 안정복, 박세당, 홍대용을 거쳐 박지원, 이덕무, 정약용, 박제가 등 중앙정계에서 소외된 남인 계열의 학자들에 의해서 그 절정을 맛보았다.

이렇듯 이덕무, 박제가 등 서자로 태어나 능력은 있으나 출세길이 막힌 불우한 처지에 있는 선비들을 기용하고 후원해 주었던 정조가 죽자 정권을 장악한 노론 벽파는 천주교 금지를 명분으로 남인 일파를 숙청하고 청의 문물을 받아들여야 한다고 주장하던 실학파 학자들을 대거 제거해버렸다.

옥(玉)에 흙이 묻어 길가에 버렸으니
오는 이 가는 이 흙이라 하는고야
두어라 알 이 있으지니 흙인 듯이 있거라

※**해설** : 옥에 흙이 묻어 길가에 버려져 있으니 오는 사람이나 가는 사람들이 모두 흙으로만 아는구나. 아는 사람은 알 것인즉 흙인 듯이 가만히 있거라.

조선 3대 시조 시인의 하나로 불리는 고산(孤山) 윤선도의 증손 윤두서의 시조이다. 윤두서의 호는 공재(恭齋), 문인임과 동시에 이름난 화가로 현재(玄齋) 심사정, 겸재(謙齋) 정선과 더불어 조선 삼재(三齋)라 일컫는다. 실학의 최고봉으로 불리는 다산(茶山) 정약용의 외할아버지다. 다산이 젊었을 때 서울에 있는 그의 외가를 자주 찾았는데 그 가장 큰 이유의 하나가 장서가로 유명한 증조할아버지 윤두서의 집에 소장된 책을 읽기 위해서였다고 한다.

(2011. 5.)

59 거울에 비친 얼굴

정조가 죽자 그의 둘째아들 순조가 11세 나이로 즉위하였다. 그러자 영조가 66세 때 장가를 들었던 당시 15세의 새색시였던 정순왕후가 수렴청정을 하게 되었다. 앞서 말한 것처럼 정순왕후는 노론 벽파의 실세 김귀주의 누이로 친정 일이라면 물불을 가리지 않는 열성당원. 옥좌를 거머쥔 정순왕후는 우선 자기 친정 친척들을 조정의 요직에 앉히고 천주교를 금지, 천주교도들을 탄압하기 시작하였다. 이때 잡혀 죽거나 귀양을 간 시파(時派 : 시류에 영합한다는 말)나 남인계 인물로는 이가환, 이승훈, 정약종, 정약전, 정약용 등이 있다. 바야흐로 조선 팔도는 정순왕후의 뒷마당 놀이터가 되었다.

그런데 정순왕후가 운명적으로 막을 수 없었던 것은 김조순의 딸을 순조의 부인으로 데려와 안동 김씨의 세도정치가 시작되는 계기가 된 것이다.

11세 나이로 임금이 된 순조를 수렴청정하였던 영조의 계비 정순왕후가 죽게 되자 벽파도 몰락의 길을 걷게 된다. 실권을 쥐고 있던 많은 벽파 인사들이 죽거나 귀양길에 올랐다.

이제 국왕 순조의 장인이 된 김조순이 어린 왕을 보필하면서 안동 김씨 세도정치의 막이 올랐다. 노론 벽파가 물러간 조정의 빈자리는 모두 안동 김씨로 채워졌다. 그러나 그들을 견제할 세력이 없었다. 김씨 일문이 요직에 앉아 갖가지 전횡과 뇌물을 주고받으니 과거제도가 무너지고 매관매직이 성행하여 나라의 기강이 무너졌다.

역사학자 박영규 교수에 의하면 세도(世道)라는 말은 본래 세상을 다스리는 도리라는 뜻으로 중종 때 조광조 등의 사림파들이 내세웠던 통치이념이었다 한다. 그러던 것이 정조가 왕이 되고나서 세도의 책임을 부여받은 홍국영이 조정의 대권을 위임받아 독재를 시작한 것이 변질되어 왕의 사랑을 받는 신하나 외척들이 독단으로 정권을 휘두르는 것을 세도정치라고 일컫게 되었다고 한다.

정조가 임금의 자리에 앉아있을 때는 실학자들에 의해 북학론적인 정책이 건의되고 진보적 사상에 대한 호기심이 높아져갔기 때문에 보수적 정치세력들은 속으로 위협을 느끼고 불안해하였다. 바로 이때 정조가 죽고 순조가 왕위에 오르자 보수 정치 세력은 진보세력인 사상가와 천주교에 대한 무자비한 탄압을 시행하였다.

순조의 부인이자 김조순의 딸인 순원왕후 덕으로 안동 김씨 일문이 권력을 잡게 되고 철종의 부인마저 안동 김씨에서 나옴으로써 안동 김씨 정권은 대원군이 등장하기까지 순풍에 돛을 단 듯 60년을 이어갔다. 순조 때는 김조순이 그 다음 헌종 때는 김조순의 아들 김좌근에게로, 철종 때에 와서는 김좌근의 양아들 김병기에게로 넘어갔다.

세도 정치에서 피를 보는 사람은 풀뿌리 백성 농민들이었다. 농민들의 불만은 쌓이고 쌓여 순조 때 일어난 홍경래의 난과 그 이후 전국에 걸쳐 크고 작은 민란이 일어났다. 그러다가 1863년 자신의 아들 명복이 왕위에 오르고 자신은 흥선대원군으로 봉해진 이하응의 등장으로 안동 김씨 세도 정치의 막은 내린 것이다. 동시에 오랜 세월에 걸친 무능한 왕과 득실거리는 탐관오리들의 가렴주구 행위로 나라의 운명은 산소 호흡기를 코에 대고 숨을 몰아쉬는 환자 꼴이 되었다.

거울에 비친 얼굴 내 보기에 꽃 같거든
하물며 단장하고 님의 앞에 뵐 적이랴
이 단장 님을 못뵈니 그를 슬퍼하노라

※**해설** : 거울에 비친 내 얼굴 내가 보기에도 꽃같이 아름다운데 하물며 화장을 하고 님의 앞에서 보일 때야. 아, 이 꽃같이 예쁘게 화장한 내 모습을 님에게 보이지 못하니 몹시 슬프구나.

먼데 개가 자주 짖어 몇 사람을 지내연고
오지 못할 세면 오만 말이나 말을 것이
오마코 아니 오는 일은 내내 몰라 하노라

※**해설** : 먼데 개가 자주 짖어서 몇 사람이나 지나가게 했는고. 오지 못할 것이면 아예 온다고 하는 말이나 하지 말지. 온다고 하고 안 오는 일은 끝내 모르겠구나.

동창에 돋았던 달이 서창으로 도지도록
못 오신 님 못 오신들 잠은 어이 가져간고
잠조차 가져간 님이니 생각 무슴 하리오

※**해설** : 동창에 돋았던 달이 서창으로 돌아질 때까지 못 오신 님 아니 오
시는 것은 그렇다 치고 어쩐 일로 잠까지 달아나 버렸는고? 내 잠조차
가져가 버린 (무정한)님을 생각해서 뭣하리오.

위의 무명씨 창작 3수는 모두 상사병(相思病)에 걸린 사람처럼 님
을 그리워하는 노래다. 남자라기보다는 그립고 아쉬워하는 여인의
심정을 그린 것 같다. 그야말로 '못 잊어 생각이 나겠지요. 그런대로
한 세상 지내시구려. 사노라면 잊힐 날 있으리다.'는 소월의 '못 잊어'
와 같은 그리움이다.

이 세상의 무심한 정인(情人)들이여, 이토록 그대들을 그리워하고
있는 그대의 연인들이 지구의 어느 구석에서 숨 쉬고 있다고 생각하
면 그대들은 행복한 사람이라는 생각이 들지 않는가.

(2011. 5.)

60 님 그린 상사몽이

　순조 때부터 시작된 안동 김씨의 세도 정치는 철종 때에 이르러 그 절정에 달한다. 앞서 말한 것처럼 안동 김씨가 계속 권력을 잡을 수 있었던 것은 순조의 부인 순원왕후의 공이 크다. 순조의 부인은 헌종이 후사 없이 죽자 조대비의 풍양 조씨가 자기네 마음에 드는 왕을 세울까 염려하여 황급히 임금이 될 후보를 정했다.

　역사학자 박영규 교수를 따르면 후대의 왕은 본래 항렬로 따져 동생이나 조카뻘 되는 자로 왕통을 잇게 하는 것이 원칙이었다. 종묘에서 제사를 올릴 때 항렬이 높은 사람이 항렬이 낮은 사람에게 제사를 올릴 수는 없다는 법 때문이었다. 그러나 안동 김씨들은 자신의 권력 유지를 위해서 헌종의 7촌 아저씨뻘이 되는 강화도령 원범이 가장 적당하다고 판단했다. 이렇듯 안동 김씨들은 자기네들의 권력 유지를 위해서는 왕가의 법도도 무시하는 전횡을 저질렀다.

　사도 세자의 증손이자 정조의 동생 은언군의 손자인 이원범은 강화도에서 나무하고 농사짓는 농사꾼으로 살던 중 어느날 갑자기 왕통을 이으라는 교지가 내려 왕위에 오르니 이가 바로 철종이다. 그러니 철종은 왕이 되기 위한 학문도, 실력도 그 어떤 준비도 안 된 그야말로 나무하고 밭가는 농부에 지나지 않는 사람, 자질로는 현감도 못

될 사람이었다. 거짓말 같은 참말이다.

　　님 그린 상사몽이 실솔(蟋蟀)의 넋이 되어
　　추야장 깊은 밤에 님의 방에 들었다가
　　날 잊고 깊이 든 잠을 깨워볼까 하노라

※**해설** : 님을 사랑하고 사모해서 꾸는 꿈이 귀뚜라미의 넋이 되어 긴 가을
　　밤 깊은 밤에 님의 방에 들어갔다가 나를 잊어버리고 곤하게 잠든 님을
　　깨워볼까나.

　　위는 철종—고종 때의 가객 운애(雲崖) 박효관의 노래다. 흥선대원
군 이하응과 가깝게 지냈으며 운애라는 그의 아호도 흥선대원군이 지
어준 것이다. 고종 13년에는 제자이자 친구 사이던 안민영과 더불어
〈가곡원류〉를 편찬했으며 자작시 15수가 전한다. 그는 언제 보나 기쁨
만 있고 성내거나 근심하는 모습은 그에게서 찾아 볼 수 없다는 의미로
무수태평옹(無愁太平翁) 이란 별명이 붙었다. 그러나 그의 작품은 인
생무상과 이별의 슬픔을 노래한 것이 많다.

　　꿈에 왔던 님이 깨어보니 간데 없다
　　탐탐히 괴던 사랑 날 버리고 어디 간고
　　꿈속이 허사라망정 자주 뵈게 하여라

※**해설** : 꿈속에 나를 찾아왔던 임이 꿈 깨어보니 간 데가 없네. 몹시도 사
　　랑하더니 나를 버리고 누구한테 갔는고? 아무리 꿈은 헛된 일이라해도

꿈에서라도 자주 뵈올 수 있었으면 좋겠네.

왕통을 이으러 한양으로 오라는 교지를 받은 강화도령 이원범의 나이는 당시 19세, 학문과는 거리가 멀 뿐 아니라 정치 수업도 한 시간도 받은 적이 없는 농부였다. 나이가 어리고 학문을 닦은 경험이 없다는 이유로 순원왕후가 수렴청정을 하였다. 일부러 학문이 없고 경험이 없는 허수아비 왕 후보를 찾고 있었는데 '이상적'인 왕 후보로 원범이 걸려든 것이다.

순원왕후의 친정 안동 김씨 김문로의 딸을 왕비로 데려왔으니 안동 김씨의 세도정치는 만세반석 위에 올려놓은 것과 마찬가지. 세도정치가 계속되는 것은 그래도 괜찮으나 문제는 백성들의 살림살이가 말할 수 없이 어려워지는 것이었다. 벼슬을 팔고 사는 세상이 되었고, 탐관오리가 백성들의 살림을 착취해 가서 전국의 여러 곳, 특히 진주 같은 데서는 대규모의 민란이 일어났다. 안동 김씨들은 왕족 중에서 나중에 왕위에 올라 자신의 권력에 위협이 될 사람이 있으면 가차 없이 미리 제거해 버렸다.

철종은 이 거대한 안동 김씨의 횡포와 맞설 지혜도, 조직도, 용기도, 그 어느 것도 없는 평범한 농부였다. 이 허수아비 임금은 자포자기로 술과 여색에 빠져 서른세 해를 살다가 죽었다. 후손이라고는 그가 낳은 옹주 하나, 나중에 친일파 박영효에게 시집간 옹주 하나밖에 없다. 망국의 수렁은 깊어만 갔다.

내 본시 남만 못하야 한 일이 바히 없네
활 쏘아 할 일 없고 글 읽어 인 일 없다

차라리 강산에 물러와 밭갈이나 하리라

※**해설** : 내 본래 사람이 남만 못하여 이룬 일이 전혀 없네. 활을 잘 쓰는 가, 글을 많이 읽었는가, 아무 것도 이룬 일이 없네. 차라리 시골로 물러 나서 밭이나 갈며 살아갈까나.

오늘도 좋은 날이요 이곳도 좋은 곳이
좋은 날 좋은 곳에 좋은 사람 만나이셔
좋은 술, 좋은 안주에 좋게 놀미 좋도다

※**해설** : 날도 좋고, 경치도 좋네. 좋은 날, 좋은 경치에 좋은 사람 만나서 좋은 술과 좋은 안주 먹고 잘 노는 것이 좋도다.

위의 시조 2수는 작가가 누구인지 모르는 무명씨들의 노래다. 조선 후기의 작품으로 보인다. 조선 말기에 나온 작품, 게다가 첫 번째 시 조는 활을 쏴 봐도 시원찮고, 책을 읽어도 시원치 않으니 초야에 가서 농사나 짓겠다는 내용이다. 둘째 시조는 술이나 마시고 재미있게 놀 아 보자는 내용의 노래로 보아 도탄에 빠진 민초들의 퇴폐풍조 [decadence] 냄새가 나지 않는가. 나의 선입견 때문일까.

(2011. 6.)

61 눈으로 기약터니

눈으로 기약터니 네 과연 피었구나
황혼에 달이 오니 그림자도 성긔거다
청향(淸香)이 잔에 떠 이시니 취코 놀려 하노라

※**해설** : 눈으로 그렇게 하마고 기약하더니 네 정말 활짝 피었구나. 해질
무렵 동산에 달이 떠오르니 꽃 그림자도 생기는구나. 맑은 향기가 술잔
에 떠있으니 오늘은 취하도록 실컷 마시고 놀아볼까 한다.

빙자옥질(氷姿玉質)이여 눈 속에 네로구나
가만히 향기 놓아 황혼월 기약하니
아마도 아치고절(雅致高節)은 너뿐인가 하노라

※**해설** : 얼음이나 옥처럼 맑고 고운 자질이 바로 흰 눈[雪]속에 있구나. 가
만히 향기 놓아 저녁달을 기약하니 아마도 알뜰하고 곱고 높은 절개를
가진 이는 너 뿐인가 하노라. 옥같이 티 없고 맑은 자질은 흰 눈 속에 있
는 것을! 가만히 향기를 뿜어 저녁달을 불러오니 격 높은 절개는 눈 속에
서 찾아볼 수 있다는 백설예찬이다.

조선조에 글깨나 읽은 선비치고 매화를 좋아하지 않는 사람이 있을까? 매화는 그 꽃과 향기가 은은하고 모양이 검소, 점잖아서 흔히 뜻이 깊은 지사, 높은 절의에 비유되곤 했다. 남명(南冥) 조식과 퇴계(退溪) 이황은 매화를 좋아한 선비로 유명하다. 정순목 교수가 쓴 〈퇴계 평전〉을 보면 퇴계는 그가 누웠던 병석에서 일어나 제자들에게 "저 매화분에 물을 주어라"하고는 그 날 오후에 세상을 하직하였다고 적혀있다.

고을사 저 꽃이여 반만 여읜 저 꽃이여
더도 덜도 말고 매양 그만허여 있어
춘풍(春風)에 향기 쫓는 나비를 웃고 맞이하노라

※**해설** : 곱기도 곱구나 저 꽃이여. 반은 시든 저 꽃이여 더도 말고 덜도 말고 늘 그 모습을 하고 있어, 봄바람에 향기 찾아오는 나비를 웃고 맞이하거라.

위의 시조 3수는 구포동인(口圃東人) 안민영의 창작이다. 하잘 것 없는 집안에서 태어난 안민영은 출생 연대에 대한 정확한 기록은 없다. 한 가지 확실한 것은 이하응이 홍선대원군이 되어서 권세를 누리다가 물러날 때까지 그들 부자(父子)의 사랑과 비호를 받았다. 구포동인이라는 아호도 박효관과 마찬가지로 대원군이 지어준 것이다. 그가 지은 시조 중에 대원군에 관한 시조가 퍽 많은 것으로 보아 구포동인은 대원군의 절대적인 지지를 받은 것을 알 수 있다.

졸다가 낚대를 잃고 춤추다가 되롱이를 잃어
늙은이의 망령을 백구야 웃지마라
저 건너 십리도화(十里桃花)에 춘흥을 겨워하노라

※**해설** : 졸다가 낚싯대를 잃고, 춤추다가 되롱이를 잃어버렸네. 이 늙은이의 망령을 백구야 비웃지 마라. 저 강 건너 십리에 뻗친 복숭아꽃에 봄 신명으로 이런 노망 비슷한 짓을 한 것뿐이다.

시비(柴扉)에 개 짖어도 석경(石經)에 올 이 없다
듣나니 물소리요 미록(麋鹿)이로다
인세(人世)를 언매나 지난지 나는 몰라 하노라

※**해설** : 사립문에 개 짖어대도 돌밭길에 올 사람 없다. 들리는 것은 물소리뿐이요 보이는 것은 고라니와 사슴뿐인 걸. 인간 세상을 떠나 사니 얼마를 지났는지 나는 모르겠네.

위의 작자 미상의 노래나 안민영의 노래들은 모두가 태평성대에서나 들어봄직한 마음가짐이요 생활상인 것 같이 보인다. 그러나 그렇진 않다. 이들 시조 작가들이 살았던 시기는 나라안팎의 꼴이 실로 어렵게 되어가고 있을 때였다. 바야흐로 안동 김씨의 60년에 걸친 세도정치는 온 나라를 가난과 부패로 몰아넣었다. 벼슬을 돈으로 사고 팔 수 있는 세상, 목민(牧民)할 위치에 있는 벼슬아치들은 백성을 착취하여 재산 모으기에 바빴다. 벼슬을 팔아서 이익을 챙기는 것이 어느 정도 유행했는지 황현이 쓴 〈매천야록〉에 나오는 일화 한 토막에 잘 나타나 있다. 그대로 옮겨보자.

개에게 벼슬을 주고 대가를 요구하다 : 충청도 바닷가 강씨 집안에 늙은
과부가 살았다. 살림은 다소 넉넉했지만 자녀가 없고, 복구(福狗)라는 개
한 마리와 같이 살았다. 지나가던 객이 복구라 부르는 소리를 듣고 남자
이름인 줄 알고 강복구라는 이름으로 감역(監役)에 억지로 뽑았다. 그 대가
를 받아가기 위해 사람이 오자 과부가 탄식했다. "손님께서 복구를 보시겠
소?" 그리고는 큰 소리로 부르니 개 한 마리가 꼬리를 흔들며 나왔다.……

개 한 마리에 얽힌 이야기를 두고 이렇게 많은 지면을 할애해도
되는지는 모르겠으나 이 일을 보면 다른 일의 형편도 짐작할 수 있으
리라. 온 나라는 먹을 것, 입을 것이 없는 벗어날 수 없는 깊은 수렁에
빠진 나라. 이런 판국에서는 근심 걱정 없는 태평성대의 이상적 생활
이 더 간절하게 그리워지는 것이다. 어쩔 수 없이 어려운 경우를 당해
서 우리는 도리어 웃고 떠들고 노래도 부르고 춤도 추지 않는가. 위에
소개한 대여섯 수의 시조는 가난과 비리, 착취와 억압에 찌든 민초들
의 고된 삶에서 우러나온 이상향을 꿈꾼 것으로 봐야 할 것이다

(2011. 6.)

62 약산 동대 이지러진 바위틈에

다음 2회에 걸쳐서는 작가가 알려지지 않은 무명씨(無名氏)의 작품을 몇 수 소개할까 한다. 지은이를 모른다고 해서 문학적 가치가 없다는 말은 절대 아니다. 무명씨의 시조라 할지라도 문학성은 조금도 뒤지지 않는 작품이 수두룩하다. 예를 들어보자.

"닻들자 배 떠나니 이제 가면 언제 오리/ 만경창파(萬頃蒼波)에 가는듯 돌아오소/ 밤중만 지국총 소리에 애 끊는 듯 하여라"는 시조나 "나비야 청산 가자 범나비 너도 가자/ 가다가 저무거든 꽃에 들어 자고 가자/ 꽃에서 푸대접 하거든 잎에서나 자고 가자" 같은 시조는 무명씨의 작품이다. 그러나 시조가 퍽 아름답고 다른 어느 시조와 비교해도 문학성이랄까 시어(詩語)의 수준은 결코 뒤떨어지지 않는 시조다. 그런데 이름을 남기지 않는 작가들은 어떤 사람들일까? 내 궁금증은 매우 크다.

약산 동대(東臺) 이지러진 바위틈에 왜철쭉 같은 저 내 님이
내 눈에 덜 밉거든 남인들 지내보랴
새 많고 쥐 꾀인 동산에 올조 간듯하여라

※**해설** : 영변 약산 동쪽 누대 이지러진 바위틈에 왜철쭉 같이 서 있는 내 님이 내 눈에 그다지 밉게 보이지 않으면 남인들 지나쳐 보겠는가? 새 많고 쥐 들끓는 동산에 이른 조(곡식 이름)간 듯 하여라.

님 타령이다. 선비 중에도 임금을 님으로 생각해서 마치 남녀가 그리워하는 것처럼 생각하는 이도 있으나 대부분 님을 그리워하는 상사시(相思詩)는 많은 남자들을 상대하는 화류계 여자들이 압도적으로 많다. 점잖은 양반 가정의 아낙네나 규수가 누구를 그리워하는 얘기를 밖에 내놓을 처지가 아니지 않은가.

일찍이 조선 중종 때의 선비 김종국은 호가 사재(思齋)였는데 기묘사화 때 벼슬에서 쫓겨나서는 여덟가지가 넉넉하다는 의미의 팔여거사(八餘居士)로 바꾸었다. 그의 친구가 새 호의 뜻을 물었더니 토란국과 보리밥을 배불리 먹고, 온돌에서 잠을 잘 자고, 땅에서 솟는 맑은 샘물을 넉넉하게 마시고, 서가에 가득한 책을 뽑아 읽고, 봄에는 꽃을 가을에는 달빛을 넉넉하게 감상하고, 새들의 지저귐과 솔바람 소리를 듣고, 눈 속에 핀 매화와 서리 맞은 국화의 향기를 맡고, 이 일곱 가지를 넉넉하게 즐길 수 있는 것도 하나의 복이기에 팔여거사라고 했다고 하였다. 21세기 도시에 살면서 팔여거사의 멋을 부리며 살기는 불가능한 일이다.

만수산 만수봉에 만수정이 있더이나
그 물로 빚은 술을 만수주라 하더이다
진실로 이 잔 곳 잡으시면 만수무강 하오리다

※**해설** : 개성 서문 밖에 있는 만수산 만수봉에 가면 만수정이라는 우물이 있지요. 그 우물물로 빚은 술을 만수주라 합니다. 이 술 한 잔 잡수시면 만수무강할 것입니다.

오래 사는 것은 저 태곳적 동굴 생활에서부터 오늘날까지 내려오는 문화적 전통. 탁석산 교수에 의하면 우리나라의 전통적 사상이 현세주의라 지금 내가 사는 세상을 믿지 내세(來世)는 믿지 않았다고 한다. 그러기에 이 세상에 살 때 해보고 싶은 것 다 해보고 먹고 싶은 것 다 먹어보고, 구경하고 싶은데 다 가보고—. 하여튼 이 세상에서 후회 없는 생활을 만끽하라는 것이다.

내 옷에 내 밥 먹고 내 집에 누웠으니
귀에 잡말 없고 시비에 걸릴소냐
백년을 이리 지냄이 그 분수인가 하노라

※**해설** : 내 옷 입고 내 밥 먹고 남의 일 상관 않으니 잡말이 없어 가십 (gossip)에 휘말릴 일도 없네. 이렇게 백년을 살면 얼마나 좋겠느냐는 어느 얌체의 심보를 적은 글이다.

사회적인 일, 남의 일에는 일체 관심도 없고, 오로지 자기 앞만 보고 살아가는 어느 사회적 고립아의 자화상이다. 이런 사람이 남편이 되었을 경우를 상상해 보라. 휴가나 연휴가 와도 문 밖에 나갈 생각은 아예 않고 집안에만 처박혀 있으며 "오늘은 갈비탕 먹고 싶다" "냉면 먹어 본지가 1년이 되었네" 따위의 잔말만 하며 부인을 잠시도 가만

두지 않는 좁쌀 남편일 확률이 높다. 가정적이라는 사람 조심하라.

소원(小園) 백화 중에 다니는 나비들아
향(香)내를 조히 여겨 가지마다 앉지 마라
석양에 숨꾸즌 거미 그를 걸려 온다

※**해설** : 작은 동원 수많은 꽃이 피는데 날아다니는 나비들아 향기 좋다고
자꾸 가지 마라. 해질 무렵에 심술궂은 거미 녀석이 와서 그물을 걸어 너
를 잡으러 온다.

(2014. 3.)

63 창밖이 어른어른하거늘

오늘은 작가를 모르는 사설시조 몇 수를 소개한다. 해설이 별 필요가 없겠구나 싶은 것은 해설을 생략했다.

창밖이 어른어른하거늘 님만 여겨
펄쩍 뛰어 뚝 나서보니
님은 아니엇고 어스름 달빛에 열 구름이 날 속였구나
마침 밤일셋 망정이지 행여 낮이라면 남 웃길뻔 했구나

※**해설** : 창밖에 무엇이 어른어른 하길래 혹시 님이 오셨나 펄쩍 뛰어나가
보니 기다리던 님은 아니고 어스름 달빛에 지나가는 구름이 나를 속였
구나. 마침 밤이었기에 다행이지 낮이었다면 남 웃길 뻔 (바보짓) 하였
네.

사랑에 빠진 청춘 남녀들에게는 실감이 나는 기다림이요 애절한
상사(相思)의 정이다. 이 정도를 안 기다려보고, 이 정도로 애타는
심정을 가져보지 못한 연인이 있겠는가. 그러나 검은 머리 파 뿌리
될 때까지 변치 말고 사랑하자고 언약하고 서로 결혼을 했는데 열정

이 식으면 산다, 못 산다 미움으로 변하는 것은 도대체 왜 그럴까?
아무도 모른다.

　　바람도 쉬어넘고 구름이라도 쉬어넘는 고개
　　산진(山陣)이 수진(水陳)이 해동청 보라매도 다 쉬어넘는 고봉 장성
　　령 고개
　　그 너머 님이 왔다하면 나는 한 번도 아니 쉬어 넘으리라

※**해설** : (고개가 높아) 바람도 쉬었다 넘고 구름도 쉬었다 넘는 고개. 산에
　　서 자란 매 산진이나 집에서 길들인 수진이도 송골매도 다 쉬었다 넘는
　　그 높은 고개 장성령 고개. 그 어디에 내 그리던 님이 왔다하면 나는 한
　　번도 쉬지 않고 단숨에 넘으리라.

　　위의 산진이와 수진이 해동청 보라매가 나오는 사설시조는 김연갑
님이 전국에 흩어진 아리랑을 모아 펴낸 책 ≪아리랑≫에서도 여러번
눈에 띈다. 김연갑 님은 7여 년 동안에 걸쳐 50여 종의 아리랑 2천여
수를 수집, 정리하였다. 그 2천여 수에 달하는 아리랑 가사를 읽어보
면 사랑과 정(情)에 대한 그리움과 두려움이 절반은 넘는 것 같다.
별다른 해석이 필요 없는 ≪아리랑≫에 나오는 사설시조 한 수만 보
자.

　　산진매 수진매 휘휘청청 보라매야
　　절간 밑에 풍경 달고 방을 달아 앞 남산에 불까투리 한 마리를 툭
　　차가지고 저 공중에 높이 떠서 빙글빙글 도는데

우리집 저 멍텅구리는 날 안고 돌줄 왜 몰라

《아리랑》에서는 이성에 대한 육정(肉情)을 주체하지 못하고 생각나는 대로 쏟아 논 구절이 많다.

사랑 사랑 골골이 맺힌 사랑
온 바다를 두루 덮는 그물같이 맺힌 사랑
왕십리, 답십리라 참외넝쿨 외넝쿨 수박넝쿨
얽혀지고 틀어져서 골골이 뻗어가는 사랑
아마도 이 님의 사랑은 끝간데 몰라 하노라

별다른 해석이 필요 없는 사랑타령이다.

대천(大川) 바다 한 가운데 중침세침(中針細針) 풍덩 빠져 여남은
사공놈이 삿대로 귀를 꿰어 끄집어냈다는 말이 있지요
님이여, 나의 님이시여 열 놈이 백 가지 말을 할지라도 짐작해서
들으소서

※**해설** : 대천 앞바다 한가운데 중치 바늘과 가는 바늘이 빠져서 10여 명의 뱃사공들이 달려들어 삿대로 바늘귀를 꿰어 끄집어냈다는 (말도 안 되는) 말이 있습니다. 내 사랑하는 님이여, 열 사람이 들어 100가지 허황된 말을 해도 한 귀로 듣고 한 귀로 흘려보내시옵소서.

창(窓) 내고자 창 내고자 이내 가슴에 창 내고자

들장지 열 열 장지 고모 장지, 문살이 가는 장지
암돌쩌귀 수돌쩌귀 쌍배목(雙排目) 외 걸쇠를 그나큰 망치로
뚝딱 박아 이 내 가슴에 창 내고자
님 그려 하 답답할 때면 열고 닫어나 볼까 하노라

※**해설** : 창을 내고 싶네, 창을 내고 싶네. 이 내 가슴에 창을 내고 싶네. 드는장지, 여는장지, 고모장지, 문살이 가는 장지, 암돌쩌귀, 수돌쩌귀, 쌍배목의 걸게는 큰 망치로 뚝딱 박아 이 내 가슴에 창을 내고 싶네. 님 그리움으로 가슴이 답답할 때는 열장지 고모장지 모두 열고 닫아 볼까나.

논 밭 갈아 김매고 베잠방이 대님 치고 신들메를 고쳐신고 낫을 갈아 허리에 차고 도끼 갈아 둘러메고 수풀 우거진 산중에 들어가서 말라죽은 나뭇가지를 베거니 베이거니 지게에 짊어지고 지팡이로 받혀놓고 샘물을 찾아가서 점심 도시락 씻고 곰방대를 툭툭 털어 잎담배 피워 물고 코를 골며 졸다가 석양이 재넘어 갈 때 어깨를 추스르며 긴 창(唱) 짧은 창 하며 어찌 갈고 하더라

어느 농부의 〈청산에 살리라〉이다. 원문을 그대로 실으면 너무 딱딱하고 무의미할 것 같아서 현대어로 고쳤더니 별 해설이 필요없게 되었다. 등장한 사설시조 대부분이 님 타령이었는데 이번에는 그야말로 나무꾼의 생활수기이다.

바독 바독 뒤얽은 놈아 제발 비노니 강가에는 서지 말아라
눈 큰 준치, 허리긴 갈치, 칭칭 감는 기분이 드는 가물치,

두루치, 메기, 넓적한 가자미, 부리 진 꽁치, 등이 굽은 새우, 겨레
많은 곤장이 그물인 줄 알고 펄쩍 뛰어 달아나는데
겁 많게 생긴 오징어는 쩔쩔매는구나
아마도 네가 와 섰으면 고기 못 잡아 큰일이다

딴 설명이 필요 없는 사실시조다. 시조가 좀 싱겁게 읽히기는 해도
별로 애절한 요구나 깊은 맛은 없는 것 같다.

그리움은 남녀간 애정에서 출발한 그리움이 가장 강렬한 것 같다.
그러나 남남 녀녀 동성 사이에서 생겨난 그리움도 만만치 않다. 이성
간의 그리움이 맹렬하게 타오르는 불길이라면 동성간 그리움은 화로
의 잿불처럼 은근하다고 할까.

고려 말에 정당문학을 지낸 정공권이 친구를 그리워하는 한시(漢
詩) 한 구절을 보자. 손종섭의 〈옛 시정을 더듬어〉에서 빌려 온 것이
다.

피면 오마던 꽃 다 지도록 아니 오고
그리며 못 보는 사이 달만 거듭 둥글었네
(有約不來花盡謝/ 相思不見重圓)

풍진에 얽매이어 떨치고 못갈지라도
강호(江湖) 일몽(一夢)은 꿈꾼지 오래더니
성은을 다 갚은 후는 호연장귀 하리라

※**해설** : 속된 세상에 얽매여서 떨쳐버리고 가지는 못해도 속세를 떠나 전

원으로 돌아가서 살고 싶은 꿈을 꾼 지는 오래다. 임금님 은혜를 다 갚고 나면 태평스럽고 시원한 마음으로 전원으로 돌아가서 살까한다.

저자는 남파(南坡) 김천택이다. 그는 영·정조 때의 가인(歌人)으로 노가재 김수장과 친하게 지냈다. 노래뿐만 아니라 시조도 잘 지었으며 노가재와 더불어 평민 출신으로 구성된 〈경정산 가단(敬亭山歌壇)〉을 창립하여 거기서 김진태 등 조선 말기를 주름잡던 시조 가인들이 많이 나왔다. 남파는 시가집 〈청구영언(靑丘永言)〉을 편찬하여 우리나라 시조 문학사에 큰 발자취를 남겼다.

어져 세상 사람 아지 마라스라
알면 정 나고 정 나면 생각나니
평생에 떠나고 그리는 정은 사람 안달인가 하노라

※**해설** : 세상 사람들아 사람 알려고 하지 말아라. 사람을 알게 되면 정이 들고, 정이 들면 생각이 나는 것이다. 평생에 떠나보내고 그리워하는 정은 사람 알게 된 탓이다.

다음은 성낙은 님의 〈고시조 산책〉을 뒤적이다가 눈에 띄는 시 한 수가 퍽 재미있다고 생각되어 여기 옮겨 본다.

바람아 불지마라 비올 바람 불지마라
가뜩이나 변한 마음 길 질다고 아니 온다
저 님이 내 집에 온 후에 구년수(九年水)를 지소서

별다른 해석은 필요 없는 듯하다. 다만 종장에 나오는 구년수(九年水)는 중국 요임금 때 있었다고 하는 9년에 걸친 홍수를 말한다. 일단 님이 내 손에 잡히면 녀석을 내 사랑의 노예로 만들고 말겠다는 말이다.

(2014. 3.)

작가 색인

시조 작품 색인

257